KB202007

인생길 중간에 거니는

시의 숲

일러두기
·일부 글의 말미에 있는 동영상 QR 코드는 편집 당시의 것으로, 사이트 사정에 따라
 달라질 수 있습니다.

인생길 중간에 거니는

시의 숲

윤혜준 교수가
안내하는
서양 명시 산책

교유서가

이 책의 제목 '인생길 중간에 거니는 시의 숲'은 단테 알
리기에리Dante Alighieri의 『신곡La Divina Commedia』 중 「지옥
Inferno」의 첫 곡, 첫 행을 인용했다.

우리 삶의 길 중간쯤에 왔을 때
내가 보니 나 있는 곳은 한 음습한 숲속
바른길 잃고 벗어난 까닭에

그런 이유로 극중 인물 단테는 지옥으로 들어가 지옥의 가
장 밑바닥까지 내려가야 한다. 이 책은 독자를 지옥 탐방에 초
대하려는 것이 아니다. 인생길 중간, 중장년에 들어선 이들에
게 잠시 삶을 함께 둘러볼 시의 산책로로 안내할 것이다.
'중년'이라는 말에 어쩌면 젊은 독자들은 거부감을 느낄지
도 모른다. 그러나 인생은 청년기부터 이미, 언제나 늙는 과정
이다. 매일 전날보다 덜 젊어지고 있고, 해와 달이 바뀔수록 자

신의 가능성은 급속히 줄어든다. 죽음이라는 인생의 종착점도 생물학적 나이를 무시하기 일쑤다. 삶은 긴 중년이다. 기왕 그렇다면 모래시계처럼 끝없이 사라지는 젊음을 지켜보려 버둥거리는 것보다 중년에 맞는 정서와 마음을 함양하는 편이 더 현명할 것이다. 그런 정서를 기르는 데 이 책에서 만나는 시들이 도움이 될 수 있을 것이다.

이 책은 영어, 프랑스어, 이탈리아어, 독일어, 에스파냐어 시로 독자를 안내한다. 시인들이 살았던 시대는 14세기부터 20세기까지 폭넓다. 젊을 때 쓴 시도 있고, 나이들어 쓴 시도 있다. 이미 익숙한 대시인도 있지만 생소한 시인도 있다. 언어, 국적, 시대 배경, 명성, 성별, 인종은 달라도 이들은 모두 산책 안내자가 좋아하고 독자도 좋아할 만한 시를 지은 작가들이다.

산책길은 다섯 코스로 나뉜다. 세월의 흐름을 따르는 첫번째 산책로, 지난 사랑과 남은 사랑을 따라 걷는 두번째 산책로, 홀로 외로움을 되새김하는 세번째 산책로, 현실의 변혁을 꿈꾸어보았던 기억을 떠올리는 네번째 산책로, 그리고 마지막으로 죽음과 안식으로 향하는 다섯번째 산책로. 우리가 태어나 성장하고 나이 먹는 인생 여정의 자연스러운 코스들이다.

시들은 지나치게 난삽하지도, 길지도 않다. 누구나 이해할 수 있는 작품들만 선별했다. 모든 시는 산책 안내자가 직접 원문을 새로 번역했다. 번역은 원문을 충실히 따르되, 음악성을 최대한 살리려 노력했다.

시는 언어예술이다. 시는 비유와 이미지로 말한다. 또한 시는 음악이다. 각 언어 고유의 특질과 특색을 살려 말과 소리가 서로 어우러지고 말의 박자와 장단을 만드는 것, 그것이 시의 음악이다. 음악에서 음의 순서가 중요하듯 시에서도 말의 순서가 중요하다. 따라서 산책 안내자는 원문의 어순과 말의 위치를 최대한 존중했다.

시와 음악은 워낙 서로 가까운 사이기에 이 책에서는 시를 가사로 사용한 음악이나 음악처럼 낭독한 시의 동영상을 간간이 수록해놓았다. 음악은 대중음악에서 고전음악까지 다양하게 선택했다.

부제에 저자 이름이 들어간 데 대한 변명이 필요할 듯하다. 산책 안내자는 유명인사가 아니다. 하지만 여행 가이드들이 대개 그렇게 하듯 산책을 안내하며 안내자가 살아온 이야기도 함께 실었다.

이 책은 처음부터 차례차례 읽어도 좋고, 차례를 보고 자유롭게 골라서 읽어도 좋다. 해설 부분까지 재독하지 않더라도 시들은 몇 번씩 다시 읽어도 그때마다 새롭게 다가올 수 있다. 어떻게 읽건 독자들의 삶을 조금이나마 윤택하게 하는 데 이 책이 기여한다면 시를 번역하고 해설하는 데 들인 산책 안내자의 노동은 충분히 보상받은 것이 될 터다.

차례

세월은 흘러가고,

시간은 달려가고

달콤하고 고요한 사색의 법정으로
When to the sessions of sweet silent thought

달콤하고 고요한 사색의 법정으로

내가 지난 일의 추억을 소환할 때,

내가 찾았으나 잃은 많은 것 때문에 한숨짓고,

옛 아픔으로 새로 한탄하네, 내 소중한 시간의 폐허를,

그때 눈 하나는 눈물에 수장될 듯, 대개 흘리지 않지만,　　　　5

죽음의 날짜 없는 밤에 가려진 소중한 벗들 생각에,

또 오래전 청산한 사랑의 아픔에 새로 슬피 울고,

많기도 많은 모습 사라져버린 황량함을 한탄하네.

그때 나는 완결된 고충들로 다시 고통받네.

또 무겁게 아픔을 하나씩 하나씩 헤아리며　　　　10

이미 애통했던 애통을 새롭게 장부에 정리하며,

마치 이미 완납하지 않은 듯 새로 토해내네.

하지만 그 순간 너를 생각하면, 다정한 벗아,

모든 손실 회복되고, 또 슬픔도 끝나는구나.

윌리엄 셰익스피어

When to the sessions of sweet silent thought

I summon up remembrance of things past,

I sigh the lack of many a thing I sought,

And with old woes new wail my dear time's waste:

Then can I drown an eye, unus'd to flow,   5

For precious friends hid in death's dateless night,

And weep afresh love's long since cancell'd woe,

And moan th' expense of many a vanish'd sight;

Then can I grieve at grievances foregone,

And heavily from woe to woe tell o'er   10

The sad account of fore-bemoaned moan,

Which I new pay as if not paid before.

But if the while I think on thee, dear friend,

All losses are restor'd, and sorrows end.

1

 내가 이 시와 친해진 시기는 중년 이후다. 학창 시절에는 덤 덤한 말장난으로만 여겼던 시행들이었다. 그러나 젊은 날의 어 리석음과 상처를 쓸쓸히 되새김할 수밖에 없는 중년이 되고 나서 이 시의 매력에 흠뻑 빠져들었다.

 시의 화자는 '사색의 법정'에 홀로 앉아 있다. 이 법정의 재 판관, 그리고 소송을 제기한 원고는 모두 자기 자신이다. '지난 일의 추억'은 '내'가 소환했다. 좀더 의젓하고 담담하고 성숙한 중년의 외양에 맞는 '나'. 그렇다면 피고는? '지난 일의 추억', 다시 말하면 치기 어린 젊은 시절의 자기 자신이다.

 같은 '나'끼리 왜 굳이 법정까지 가야 하나? 법정은 다툼의 장소다. 다툼의 소지는 무엇일까? '내가 찾았으나 잃은 많은 것'이 여전히, 아니 아예 '새로' 나를 '한탄'하게 하는 갈등이다. '추억'이 추억의 자리에 머물러 있지 않고 지금의 나를 계속 들 쑤신다. 지금껏 지내온 '내 소중한 시간'을 온통 '폐허'로만 인 식하게 만들려는 과거 '나'의 위법행위를 이 법정으로 가져와 기소한다.

 원고는 처음부터 피고의 위세에 밀린다. 아픈 과거의 추억 은 여전히 내 눈에서 눈물을 자아낸다. 나는 '대개 (눈물을) 흘 리지 않'는 사람이라고 자부했건만 소용없다. 게다가 이제 다 시는 만날 수 없는 죽은 벗들 생각까지 거들고 나선다. 살아 있는 이들에게는 날짜가 있으나 죽은 이들에게는 날짜가 없다.

그러나 죽은 그들 역시 변하는 시간 속에서도 변치 않는 추억 속으로 다시금 새로 되돌아온다.

법정 상황은 점점 더 원고에게 불리해진다. 당신, 아직도 빚을 다 안 갚았잖아! 피고가 오히려 큰 소리다. 감정의 빚. 젊은 날 '사랑의 아픔'이 중년의 '나'에게 다시 아프라고 요구한다. 지금의 '나'는 그럴 여유가 없다. '많기도 많은 모습'이 자취를 감춘 '황량함을 한탄'하는 '나'는 눈물조차 말라버렸다.

이제 할일은 피고측 요구대로 순순히 과거의 '아픔'을 '하나씩' 다시 헤아려보고, '이미 애통했던 애통'을 다시 또 애통해하는 것이다. 분명히 다 갚은 줄 알았던 빚을 아예 '새롭게 장부에 정리하'는 지경에 이르면 '달콤하고 고요한 사색의 법정'에서 점잖은 재판관 행세를 하고 싶었던 '나'는 피고인처럼 벌을 받고 있는 꼴이 된다. 이 법정에는 더이상 달콤하지도, 고요하지도 않은 패배의 쓰라림만 남는다.

이렇게 시를 끝낼 수는 없다. 마지막 두 행에서 급작스러운 전환을 도모한다. 갑자기 떠오른 '다정한 벗'에 대한 생각이 모든 것을 해결해준다. 그런 대단한 친구가 있을까? 그렇게 갑자기 반전될 수 있나? 시의 마무리는 아무래도 취약하다. 오히려 시의 마지막 순간까지도 이어지는 회한과 추억의 엄습이 시 전체의 분위기를 여전히 지배하고 있다는 느낌을 지울 수 없다.

—
2

이 시의 매력은 이와 같은 극적인 상황 전개뿐 아니라 말소리의 음악에서도 물씬 풍긴다. 영어는 라틴어(또는 프랑스어) 계열 단어들과 게르만어인 앵글로색슨어 단어들이 혼합된 언어다. 각 언어 계보별로 시를 만들어내는 양상도 다를 수밖에 없다. 시행의 마지막 단어끼리 소리가 어울리는 각운(1행의 'thought'와 3행의 'sought', 5행의 'flow'와 7행의 'woe' 등)은 프랑스어나 이탈리아어 문학의 기법이다. 반면 앵글로색슨어를 비롯한 게르만어 시의 음악성은 기본적으로 강세stress 음절의 패턴에서 비롯된다. 첫 두 행은 각기 다섯 개의 강세가 박자를 만들어낸다(진한 대문자가 강세 음절).

WHEN to the **SES**-sions of **SWEET** **SII**-ent **THOUGHT**
I **SUM**-mon **UP** re-**MEM**-brance of **THINGS** **PAST**,

앞에서 밑줄 친 단어들은 라틴어에서 유래한 말들이다. 이런 단어들도 강세 없이는 발음할 수 없는 것이 영어다. 강세는 영어의 모든 단어와 문장에서 필수 요소다.

이 시는 앵글로색슨 문학 고유의 시학인 두운alliteration, 즉 단어의 첫 자음 소리들이 서로 반복되며 만들어내는 음악성을 추구한다. 1행의 'sessions', 'sweet', 'silent'는 첫 자음 's-'를 반복한다. 이 자음 소리는 2행의 'summon', 3행의

'sigh'와 'sought'까지 울림을 이어간다. 또한 's-'는 1행과 2행에 나오는 'th-'('thought', 'things')와 미세한 소리의 차이를 유지하며 화음을 만든다. 이 소리들은 쓸쓸함과 씁쓸함을 동시에 전달한다. 6행의 'death's dateless'는 반복되는 'd-'의 묵직함으로 죽음의 무게를 느끼게 한다.

이 시는 마음속 '법정'을 설정한다. 영국의 법은 법치가 자리잡은 12세기부터 늘 형사법보다는 돈과 재산을 다루는 민사법이 그 주축을 이루었다. 따라서 이 시에서도 채무와 빚을 일컫는 용어들이 나오는 것이 자연스럽다. 7행의 'cancell'd'는 채무의 청산을 의미한다. 과거의 상처를 되새김하는 마음의 심란함은 10행부터 12행까지 아직 갚아야 할 빚을 적어놓은 장부(11행의 'account')를 뒤적이는 모습으로 표현된다. 여기에 사용된 'tell'은 '말하다'는 뜻이 아닌 '돈을 세다'라는 의미다. 셰익스피어시대에 돈은 지폐가 아니라 금속 화폐였다. 은화를 하나씩 헤아리며 건네주는 행위가 'pay'였다. 이런 행위의 물질성을 강조하기 위해 12행의 'new pay'를 '새로 토해내'다로 옮겼다.

3

이 시의 지은이는 윌리엄 셰익스피어William Shakespeare, 1564~1616다. 이 작품은 그가 실명으로 1609년에 출판한 『셰익스피어의 소네트, 아직 한 번도 출판되지 않은Shakespeare's Sonnets, never before imprinted』에 실린 서른번째 시다. 시집 제목에 '셰익스피어의 이름이 포함되어 있다. 작가의 이름이 출판시장에서 일종의 브랜드 가치를 확보했음을 알 수 있다. 극작가로서 이미 유명했던 셰익스피어가 소네트도 썼으니 관심을 갖고 사서 읽어보라는 뜻이 담겨 있다.

셰익스피어는 오늘날 널리 알려진 이름이지만 그의 삶의 많은 부분은 수수께끼로 남아 있다. 이 시집 앞부분 시들에서 여러 번 '그대'로 거명되는 대상이 나오고, 또한 이 시에서도 'friend'가 막판에 소환된다. 그는 누구일까? 그가 여성이 아니라 젊고 잘생긴 남성이라는 점은 확실하지만 정확히 누구인지, 또는 셰익스피어가 혹시 동성애적 욕망을 품었는지는 불확실하다. 그러나 이 시를 비롯한 셰익스피어의 소네트들이 그의 희곡들과 마찬가지로 영어의 특질과 가능성을 극대화한 걸작이라는 점만은 그 누구도 부인할 수 없는 명백한 사실이다.

4

개인적으로 이 시에서 유달리 아프게 와닿는 시구는 6행, "죽음의 날짜 없는 밤에 가려진 소중한 벗들 생각에"다. 만 50세. 인생길 중간 지점을 지난 후 능선을 조금 따라 걷다가 곧 내리막길로 향할 나이다. 내가 20대 중반, 대학원에서 만나

가장 가까운 벗으로 삼고 지내던 친구가 쉰 살 생일을 며칠 남기고 갑자기 발병한 위암으로 세상을 떠났다. 그의 죽음은 충격이었고 오랫동안 아물지 않는 상처였다. 시인은 '다정한 벗'을 생각하면 '손실'을 '회복'하고 '슬픔'도 끝내볼 수 있었지만 오히려 죽은 벗 생각에 '손실'과 '슬픔'은 더 커지곤 했다.

이 시는 말뜻을 음미하지 않아도 소리의 느낌만 즐기며 감상해도 좋다. 셰익스피어는 말뜻도 좋지만 소리가 듣기 좋다. 원문을 소리 내어 읽어야 제맛을 느낄 수 있다. 케네스 브래나 Kenneth Branagh 등 유명 영국인 배우가 낭독한 버전을 인터넷에서 검색해 듣고 따라해보아도 좋을 것이다(QR 코드 참조). 몇 행이라도 외워서 이따금 떠올려보면 일종의 주문처럼 울적함을 달래는 효과도 얻을 수 있다.

케네스 브래나 낭독 QR 코드

눈물, 실없는 눈물
Tears, Idle Tears

눈물, 실없는 눈물, 무슨 뜻인지 나 알지 못해,
눈물의 원천은 어떤 신성한 절망의 심연
가슴에서 솟아나서 두 눈에 고이네.
행복한 가을 벌판을 바라보고 있는데,
생각이 흘러가는데 더는 없는 날들로.   5

새롭게도, 돛에 첫 햇빛이 반사되어 반짝일 때처럼,
지하에서 우리 벗들을 데리고 올라오면서,
슬프게도, 마지막 빛이 배를 붉게 물들게 할 때처럼,
사랑하는 모든 것 함께 수평선 넘어 가라앉으며,
그렇듯 슬퍼 그렇듯 새로워, 더는 없는 날들은.   10

앨프리드 테니슨 경

Tears, idle tears, I know not what they mean,

Tears from the depth of some divine despair

Rise in the heart, and gather to the eyes,

In looking on the happy Autumn-fields,

And thinking of the days that are no more.   5

Fresh as the first beam glittering on a sail,

That brings our friends up from the underworld,

Sad as the last which reddens over one

That sinks with all we love below the verge;

So sad, so fresh, the days that are no more.   10

아, 슬프고 생소해, 마치 어둑한 여름 동트며
반쯤 깨어난 새들 가장 이른 피리소리가
죽어가는 이의 귀에 들리듯, 죽어가는 눈에
창틀이 서서히 사각형 형체로 희미하게 변하듯,
그렇듯 슬퍼 그렇듯 생소해, 더는 없는 날들은.　　　　　15

소중해, 죽은 뒤 추억할 키스들처럼
달콤해, 가망 없는 망상이 그려낸 키스처럼,
남을 위해 예정된 그 입술에. 사랑처럼 깊어,
첫사랑처럼 깊어, 또 온갖 후회로 정신 사나워.
아 삶 가운데서도 죽음이네, 더는 없는 날들은!　　　　　20

Ah, sad and strange as in dark summer dawns

The earliest pipe of half-awaken'd birds

To dying ears, when unto dying eyes

The casement slowly grows a glimmering square;

So sad, so strange, the days that are no more.   15

Dear as remember'd kisses after death,

And sweet as those by hopeless fancy feign'd

On lips that are for others; deep as love,

Deep as first love, and wild with all regret;

O Death in Life, the days that are no more!   20

1

요즘 내 눈에 눈물이 제멋대로 고이는 경향이 있다. 뚜렷한 이유가 있을 때도 있으나 딱히 내세울 만한 원인이 없을 때, 가령 좋은 음악에 감동할 때도 눈물이 고인다.

이 시는 이런 눈물을 '실없는' 눈물이라고 부른다. 아니, 이 경우는 더 심하다. '나'도 그 뜻을 알지 못하는 눈물이라니? 그 원천이 '신성한 절망의 심연'이라고? 이 설명도 별 도움이 되지 않는다. 게다가 '행복한 가을 벌판을 바라보'다가 왜 울지?

이런 질문에 대한 답은 5행이 해준다. '더는 없는 날들' 때문에. 흘러가는 세월, 다시는 오지 않을 과거가 눈물의 원인이다. 흘러가는 세월을 막을 능력이 있는 인간은 없다. 그런 본질적 차원을 '신성한 절망의 심연'이라는 말로 표현했다. '더는 없는 날들을'은 각 연마다 마지막 자리를 차지하는 후렴이자 이 시의 주인공이다.

세월의 흘러감과 사라짐은 '지하'에서 잠자고 있는 벗들, 즉 죽은 벗들 생각으로 발전한다. 밤을 새운 배의 돛에 드디어 햇빛이 비칠 때처럼 새롭다는 표현은 희망적이다. 그러나 그 배에는 죽은 벗들이 타고 있으니 그 항해는 죽음과 삶을 오간다. 배는 이내 다시 수평선을 넘어가 사라진다.

그다음 연에서는 아직 죽지 않았으나 죽어가는 사람의 시각에 맞춰져 있다. 죽어가는 이가 바라보는 여름날 이른 아침 새소리는, 또한 침실로 스며드는 빛은 '슬프고 생소'하다. 활력의 계절 여름은 그에게 생소한 '남들의 세계'인 까닭이다.

마지막 연에서는 그래도 여전히 남아 있는 욕망의 추억들이 등장한다. 죽은 뒤에도 잊지 못할 키스. 여기까지는 그래도 제법 낭만적이다. 그러나 그것도 사치다. 실제로 해본 키스가 아니라 짝사랑하던 연인의 입술에 키스하는 상상이다. 그런 '망상'과 '후회'는 정신을 흐트러뜨릴 뿐이다.

이런 모든 증상을 만들어낸 원인은 '더는 없는 날들'이다. 사라지는 날들의 종착점은 죽음이기에 이미 살고 있지만 이미 그 안에 있는 죽음의 또다른 모습이기도 하다. 이 슬픔과 절망을 어떻게 해소할까? 시의 제목이 답한다. '눈물, 실없는 눈물.' 셰익스피어의 시에서도 과거 추억과 지난 세월의 잔재가 눈물을 자아냈다. 그 눈물에 시의 화자는 당황했다. 반면 테니슨의 시는 눈물을 긍정한다. 시인은 말한다. '울어라, 슬프면. 그것이 인간의 몫이다.'

2

이 시의 제목이자 1행에는 'idle tears'라는 표현이 나온다. '게으른'이라는 뜻의 'idle'을 '실없는'으로 옮겼다. '게으른'의 반대말은 '근면한'이니 '근면한 눈물'은 말이 안 된다. '실없는'의 반대는 '실속이나 유익이 있는'이다. 주로 '실없는 웃음'이라는 표현을 자주 쓰지만 '울음'과 같이 붙여 썼다.

이 시는 복잡한 기교를 부리지는 않지만 'fresh'(6행), 'sad'(8행), 'dear'(16행), 'deep'(19행) 등 한 음절 형용사로 행을 시작한다. 또한 "the days that are no more"를 후렴으로 반복하는 일관성을 보여준다. 각 연의 마지막 말소리인 'more'는 영국식 발음으로 읽으면 '모-어'로 'r-'을 굴리지 않기에 모음의 여운이 남는다. 아쉬움과 회한, 슬픔을 극대화하기 위해 선택한 단어임을 알 수 있다.

또한 셰익스피어의 소네트가 과시한 두음의 효과가 1연의 "depths of some divine despair"('d-' 소리)와 3연의 "sad and strange …… summer"와 "so sad, so strange"('s-' 소리)에서 연출된다.

3

이 시의 지은이는 '앨프리드 테니슨 경Alfred, Lord Tennyson, 1809~1892'으로 남작 작위를 받아 영국 상원인 '귀족원House of Lords'의 의석을 차지하는 명예를 누렸다. 조상 대대로 큰 봉토를 소유한 대귀족들이 '귀족원'을 구성하지만 그의 공로가 워낙 뛰어났기에 평민 출신임에도 불구하고 '테니슨 경'으로 생애를 마감했다.

무슨 공로가 그렇게 컸을까? 그는 나라의 대소사에 시를 지어주는 계관시인Poet Laureate으로 1850년부터 1892년까지 그 영예를 누렸다. 물론 그토록 대단한 명예를 얻기 전에도 시인으로서 여러 좋은 작품을 썼다. 그중 하나가 1847년 시집에 수록된 「눈물, 실없는 눈물」이다. 그의 시들이 많은 이의 사랑을 받았기에 그가 계관시인으로 추대된 것이고, 또한 꾸준히 좋은 시를 썼기에 그 자리를 오랜 세월 지킬 수 있었다.

시인을 이처럼 각별하게 대우하던 당시 영국은 전 세계의 유일한 패권국가 대영제국이었다. 요즘에는 영국 제국주의의 죄를 묻는 것이 학계의 단골 레퍼토리지만, 시인을 알아보고 존중하는 19세기 대영제국은 20세기의 잔혹한 전쟁을 야기한 파렴치한 제국들에 비하면 그래도 약간의 품격은 갖추고 있었던 셈이다.

4

지금 나에게 이 시에서 가장 다가오는 표현은 '더는 없는 날들'이다. 나이가 들수록 시간은 점점 더 빨리 흘러가고 이미 산 날들은 앞으로 살날보다 점점 더 늘어간다. 그런 시간의 가속화를 매년, 매 학기 더 절감한다. 30대, 40대 교수 시절에는 학기가 그토록 느릿느릿 가더니 요즘에는 한 학기가 순식간에 지나간다. 어느덧 학기가 끝나면 나는 6개월 더 나의 죽음에 가까이 다가가 있음을 다소 충격적으로 깨닫는다.

봄밤

Nuit de printemps

하늘은 맑고, 달을 가린 구름도 없어,

벌써 밤은 꽃받침 위에

제 눈물을 진주와 호박처럼 붓고,

어떤 산들바람도 잎사귀 흔들지 않아.

우거진 잎사귀 밑에, 평온히 앉아,   5

라일락꽃 느슨히 내 머리 위 늘어진 그곳,

난 느끼네, 생각의 흐름이 다시 신선해짐을,

자연이 마련해놓은 향기에 잠긴 덕에.

하얘지는 저 풀밭 위로, 숲은 그림자 드리우며

느릿느릿 제 형체를 그려놓고 쉬고 있고,   10

밤꾀꼬리 두 마리, 각자 말투 고집하며,

서로 번갈아 봄철을 깨우려 드네,

촘촘한 장미꽃 밑에서 잠들어 있는 봄을.

풍성한 멜로디, 고독한 숲속이여,

내 가슴까지 그대의 평안을 전해주는구나!   15

프랑수아르네 드
샤토브리앙

Le ciel est pur, la lune est sans nuage:

Déjà la nuit au calice des fleurs

Verse la perle et l'ambre de ses pleurs;

Aucun zéphyr n'agite le feuillage.

Sous un berceau, tranquillement assis,   5

Où le lilas flotte et pend sur ma tête,

Je sens couler mes pensers rafraîchis

Dans les parfums que la nature apprête.

Des bois dont l'ombre, en ces prés blanchissants,

Avec lenteur se dessine et repose,   10

Deux rossignols, jaloux de leurs accents,

Vont tour à tour réveiller le printemps

Qui sommeillait sous ces touffes de rose.

Mélodieux, solitaire Ségrais,

Jusqu'à mon cœur vous portez votre paix!   15

풀밭 위로도 고요함이 흐를 때,
내 귀에 들리는, 저멀리 미소 짓는 거처 쪽,
개가 으르렁거리며 집 지키는 소리,
소박한 지붕 밑에 순수함이 사는 그곳을.
아니 뭐! 벌써, 고운 밤, 널 잃는 건가!   20
하늘 한쪽으로 여명이 반쯤 밝아오고,
달빛은 이제 서서히 사그라질 따름,
산들바람은, 과수원 나무 위를 자르듯 지나가며,
동쪽에서 불어와, 가벼운 소음 내며,
파르르 떠는 줄기들 위에 자리잡는구나.   25

Des prés aussi traversant le silence,

J'entends au loin, vers ce riant séjour,

La voix du chien qui gronde et veille autour

De l'humble toit qu'habite l'innocence.

Mais quoi! déjà, belle nuit, je te perds!   20

Parmi les cieux à l'aurore entrouverts,

Phébé n'a plus que des clartés mourantes,

Et le zéphyr, en rasant le verger,

De l'orient, avec un bruit léger,

Se vient poser sur ces tiges tremblantes.   25

1

인간이 만든 달력은 세월을 숫자로 계산한다. 숫자는 우리를 불행하게 한다. 나이가 들수록 생일이 반갑지 않다. 생일은 나이의 숫자가 하나 더 확실히 늘어나는 날일 뿐이다. 생일이 순수하게 즐거웠던 시절을 떠올리면 아득한 옛날처럼 느껴진다.

인간은 수를 세지만 창조주가 만든 자연은 세월을 계절의 변화와 밤낮의 전환으로 느끼게 해준다. 봄, 여름, 가을, 겨울, 각기 그 고유한 매력을 음미하며 세월을 계절로 체험하는 것은 나이 먹는 울적함을 극복하는 좋은 처방이다. 또한 낮이 저녁을 거쳐 밤이 되고, 다시 밤이 물러가고 동이 트는 순환과 변화로 매일매일이 구성된다는 점도 인간에게는 큰 축복이다. 이 시가 전하는 체험은 바로 그런 자연의 향기, 새소리와 함께 느끼는 시간의 흐름이다.

겨울은 가고 지금은 봄이다. 밤에도 하늘이 맑고 구름 한 점조차 달을 가리고 있지 않다. 밤은 성급하게도 '제 눈물(이슬)'을 '꽃들의 받침(꽃받침) 위'로 하얀 진주알 또는 호박amber처럼 '붓고' 있다. 바람은 상쾌한 '산들바람', 잎사귀들을 괴롭히지 않는다. 시의 화자는 나뭇가지와 라일락꽃이 아치를 이룬 밑에 앉아서 새로 핀 봄꽃의 향기를 맡으며 생각도 덩달아 신선해짐을 느낀다. 숲의 그림자가 풀밭에 '느릿느릿' 드리워진 후 본격적으로 어둠이 내려앉자 밤꾀꼬리 두 마리가 서로 경쟁하듯 지저귀기 시작한다. 그 노랫소리로 '촘촘한 장미꽃'을 이불 삼아 덮고 자던 봄을 깨울 참이다.

'고독한 숲속에 들어와 있는 '나'는 고독하지 않다. 새들의 노랫소리와 꽃향기가 벗들이다. 숲의 '평안'이 가슴을 적셔준다. 또 고요한 밤의 '침묵'을 깨는 농가의 개 짖는 소리도 반갑다. '소박한' 거처에 사는 순수한 이들, 그들의 거처는 '미소 짓는' 느낌을 준다.

이런 평온함을 만끽하다보니 어느새 밤을 새우고 말았다. '고운 밤'을 떠나보내야 하는 것이 못내 아쉽다. 숲속의 평안함에 감탄하는 15행에서 느낌표를 찍었지만, 이제 밤이 사라지고 있음을 깨닫는 20행에서도 느낌표를 찍는다. 동이 트고 달빛은 '사그라'지고, 산들바람은 어제저녁과는 달리 활력이 넘친다. 과수원 나무들 꼭대기를 '자르듯' 불어와 줄기들을 잠에서 깨워 '파르르' 떨게 만든다. 밤은 가지만 새날이 왔고, 과실수들은 또 오늘 하루 열매를 맺기 위한 상태로 조금 더 변할 것이다. 시간의 흐름은 이렇듯 자연 속에서는 매 순간, 매 단계가 흥미롭고 보람 있다.

2

이 시는 프랑스어로 쓰였다. 프랑스어 시는 영시와 달리 단어들의 강세로 시의 리듬을 만들지 않는다. 언어 자체가 강세를 기본으로 삼지 않기 때문이다. 대신 음절 수를 일정하게 유

지하고 각 행 중간에 낭독을 잠깐 멈추는 '중간휴지$_{caesura}$'
가 들어간다. 고전적인 형식에서는 각 시행이 12음절, 중간휴
지 앞뒤 음절 수가 동등하게 여섯 개씩이어야 하지만 이 시에
서는 9음절 또는 10음절을 사용했다. 각 시행에는 예외 없이
중간휴지가 포함되어 있다. 밤꾀꼬리 두 마리가 서로 지저귀는
12행과 13행을 예로 들면 다음과 같다(번호는 음절 순번, '/'는
중간휴지).

Deux rossignols, jaloux de leurs accents,
1   2 3 4 / 5 6   7 8   9 10
Vont tour-à-tour réveiller le printemps
1   2 3 4 / 5 6 7 8   9   10

두 시행 모두 10음절씩으로 구성되어 있고 중간휴지는 각
각 네번째 음절과 다섯번째 음절 사이에 배치되었다.
프랑스어는 이탈리아어 등 다른 라틴어 계열 유럽 언어와
마찬가지로 시를 지을 때 각운을 다양하게 만들어내는 데 유
리하다. 이 시의 각운은 정교하게 구성되어 있다. 1행의 마지막
단어 'nuage(구름)'는 4행의 'feuillage(잎사귀)'와 어울리고, 그
사이에서 2행의 'fleurs(꽃들)'와 3행의 'pleurs(눈물)'가 서로
바짝 붙어서 각운을 만든다. 반면 5행을 끝내는 'assis(앉다)'는
한 행 건너 7행의 'rafraîchis(신선해지다)'와, 그리고 6행의 마지
막 단어 'tête(머리)'는 8행의 'apprête(준비하다, 마련하다)'와 화

음을 만든다.

각운을 이루는 단어들은 프랑스어의 두드러진 특징인 비음을 만들 때 특히 그 울림이 깊다. 9행을 마무리하는 'blanchissants(하얘지는)'과 같은 각운인 11행 마지막의 'accents(말투)'이 그 예다. 이 비음 소리는 이어지는 12행 끝의 '봄'을 뜻하는 단어 'printemps'으로 계속 이어진다. 이 시의 음악은 이 부분에서 정점에 이른다.

이 시는 자연을 묘사하며 비유를 다양하게 사용한다. 먼저 2행에서 밤을 의인화하고 이슬을 보석에 비유한다. 의인화는 9행에서 숲의 그림자, 11행의 밤꾀꼬리 두 마리, 20행의 '고운 밤', 23행의 '산들바람'에도 적용된다. 게다가 14행의 '숲속'으로 옮긴 단어는 아예 대문자로, 마치 사람 이름처럼 표현했고 15행에서 '그대'로 호명한다.

—
3

이 시의 작가는 프랑수아르네 드 샤토브리앙François-René de Chateaubriand, 1768~1848이다. 그는 이렇게 고운 시를 쓰며 한평생을 산 사람이 아니다. 샤토브리앙은 귀족 가문에서 태어났으나 젊었을 때 발발한 프랑스대혁명이 그의 운명을 바꾸어놓았다. 그는 미국의 오지로 여행을 다녀와서 반혁명군에 가담했다가 전투에서 부상을 입고 영국으로 망명한 뒤 어렵게 생활을 이어나갔다. 그렇게 여러 해를 영국에서 보내던 그는 나폴레옹이 공화정혁명을 끝내고 제국의 시대를 개시할 무렵에 프랑스로 돌아왔다. 그는 프랑스로 돌아온 후 혁명이 파괴하려 진력한 그리스도교(가톨릭) 정신을 복원하는 데 선도적역할을 했다. 왕정복고 후에 그는 외교관과 장관으로도 활동했다. 물론 그는 문인으로서도 존경받았다. 다만 시보다는 소설과 산문 쪽에서 시적인 문체를 구현했고 이는 그의 주된 업적이자 명성의 근거였다. 산문으로 성공한 그는 프랑스대혁명 이전 젊은 시절인 1780년대에 썼던 시들을 모아 1828년에 『자연의 그림들Tableaux de la nature』이라는 제목으로 출간했다. 이 시는 여기에 수록되었다.

ㅡ
4

샤토브리앙은 이미 출간된 나의 다른 책(『7개 코드로 읽는 유럽 소도시』)에도 등장한다. 그는 내가 50대 후반부터 좋아하고 존경해온 작가다. 샤토브리앙의 삶과 정신, 그의 고향 도시 등을 이 책에서 다루었다. 샤토브리앙은 온갖 풍상을 겪은 터에 아직 역사의 소용돌이에 휩쓸리기 전 자신의 젊은 시절의 시를 다시 읽고 새로 출간하면서 만감이 교차했을 법하다. 시집의 서문에서 작가는 별 감정의 토로 없이 담담하게 "거의 손을 보지 않고 원래 썼던 그대로" 출간한다고 적었다. 세상이 몇 차례 뒤집히는 시절을 겪어온 샤토브리앙은 예순 살에 이른 1828년 스무 살 때의 샤토브리앙과 다시 만나 그의 말을 충실히 전달하는 역할에 만족했다.

택하지 않은 길

The Road Not Taken

한 노란 숲에서 길이 두 갈래로 갈라졌다.
또 아쉽게도 나는 두 길 모두 여행할 수 없어
같은 한 여행자라서, 난 오래 머물러 서서
한쪽 길 멀리 눈길 닿는 데까지 바라보았다.
길이 굽어 덤불에 가려지는 지점까지.   5

그리고 다른 길을 택했다, 그 못지않게 아름답고
또 아마 명분이 더 있을지도 모르는 그 길을.
풀이 우거져 있고 인적 없는 길이었으니,
비록 그 길을 지나감으로써 길이 나는 정도는
두 길 모두 사실 거의 같아졌지만,   10

로버트 프로스트

Two roads diverged in a yellow wood,

And sorry I could not travel both

And be one traveler, long I stood

And looked down one as far as I could

To where it bent in the undergrowth;   5

Then took the other, as just as fair,

And having perhaps the better claim,

Because it was grassy and wanted wear;

Though as for that the passing there

Had worn them really about the same,   10

또 그날 아침 두 길은 동등하게 덮여 있었다.
어떤 발길에도 검게 밟히지 않은 낙엽으로.
아, 나는 첫번째 길은 다른 날로 미루기로 했다!
하지만 행로가 어디서 어떻게 이어질지 몰라,
나는 내가 과연 돌아올 수 있을지 의심했다.   15

나는 이 이야기를 한숨을 쉬며 할 것이다.
어디선가 세월이 흐르고 흐른 후에.
한 숲에 길이 두 갈래로 갈라져 있었는데, 나는—
나는 발길이 뜸한 길을 택했고,
또 그것 때문에 모든 것이 달라졌다고.   20

And both that morning equally lay

In leaves no step had trodden black.

Oh, I kept the first for another day!

Yet knowing how way leads on to way,

I doubted if I should ever come back.   15

I shall be telling this with a sigh

Somewhere ages and ages hence:

Two roads diverged in a wood, and I—

I took the one less traveled by,

And that has made all the difference.   20

삶은 선택의 연속이다. 식당에서 메뉴를 정할 때, 외출시 입을 옷을 고를 때마다 우리는 늘 선택한다. 어떤 선택은 삶에 지속적으로 영향을 미친다. 진학, 진로, 유학, 결혼, 육아 등 삶의 중요한 순간들의 선택이 나의 삶을 결정지었다. 그 선택들의 결과는 때로는 원래 기대하거나 예상한 바와는 다른 길로 흘러갈 때도 많았다.

이 시는 이런 결정적 선택을 이야기한다. 배경은 노란 단풍으로 물든 가을 숲. 인적이 없고 여행자는 홀로 걷는 중이다. 나무와 나무 사이로 길이 두 갈래로 갈라진다. 어느 쪽을 택할까? 정하기 쉽지 않다. 여행자는 그 자리에 머물러 선다. 양쪽 길 모두 좋아 보인다. 그러나 인간이란 존재는 한 사람이 두 길을 동시에 갈 수 없다. 게다가 그 길들이 어디로 이어지는지, 선택의 결과와 미래를 예측하기 어렵다.

선택의 결과를 시뮬레이션해볼 수는 없다고 해도 선택은 가급적 합리적이면 좋다. 대부분의 현대인은 이렇게 생각한다. 이 시의 여행자도 어느 정도 선택의 근거를 찾아보기 위해 시도한다. 자료와 데이터는 부족하지만 일단 사람의 발길이 뜸한 쪽에 끌린다.

그러나 그 기준도 그다지 미덥지 않다. 한쪽 길이 인적이 드물었다고 믿고 싶겠지만 발길이 닿은 부분만 놓고 비교하면 두 길 모두 비슷하다. 그리고 전체적으로 낙엽이 쌓여 있는 정도로 치면 거의 똑같다. 시간은 그 순간에도 흘러간다. 낙엽은 고민하는 그 순간에도 떨어지고 있다. 두 길의 차이점은 점점 더 미미해진다.

이에 더는 머뭇거릴 수 없는 여행자는 한쪽 길을 택하고 다른 쪽 길은 '다른 날로 미루기로' 한다. 그 다른 날이 과연 올지는 본인도 이내 의심하지만 선택을 안 할 자유는 없다. 그 선택은 아마도 모든 선택이 대개 그렇듯 세월이 흐르면 후회의 감정이 선택해서 걸어온 길을 낙엽처럼 뒤덮을 것이다. 그 후회와 추억의 감정이 이 시의 마지막 행에 절절히 담겨 있다.

2

이 시는 흔히 '가지 않은 길'로 번역되어 알려져 있다. 원작의 제목에는 'taken'이 포함되어 있다. 선택이 중요한 주제이지 단순히 가고 안 가고의 문제가 아니다. '여행을 떠나다'라는 뜻의 숙어로 'take to the road'가 있다. 이 시에 사용된 표현에서는 관사가 없기에 그것을 '가지 않은 길'로 옮길 근거가 없다.

이 시는 쉬운 일상 언어로 일상생활에서 벌어지는 상황을 가정하고 있다. 철학적인 사색이 담긴 대목에서도 일상 언어로 그 딜레마를 표현한다. '같은 한 여행자'로서 '두 길 모두 여행할 수 없'다는 인간 존재의 근본적인 한계를 이 시는 'travel'과 'traveler'라는 기본 단어만 사용해 묘사했다. 그렇게 함으로써 기교를 과시하지 않고 숨기는, 튀지 않는 문학을 구현했다. 이 점에서 이 시는 미국적인 정서와 잘 맞는다.

이 시는 어휘 선택에서도 미국적인 면모를 마음껏 드러낸 다. 민주주의 공화국에서 모든 개인은 평등하다는 것이 미국 의 공식적인 이념이다. '평등'을 뜻하는 말이 11행에 나온다. 다만 'equally'를 '동등하게'로 옮겼으나, 원문에서 해당 단어 의 정치적 함의를 눈치채지 못할 미국인 독자들은 없을 것이 다. 두 길이 서로 평등하고 우열의 차이가 없음은 'both'(2행), 'as just as'(6행), 'about the same'(10행)에서 꾸준히 강조해오 다가 'equally'로 결론을 내린 셈이다.

평등한 사회에서 선택의 책임은 오롯이 개인의 몫이다. 그 선택이 남기는 아쉬움과 후회의 정서도 개인의 몫이다. 그 누 구를 탓할 수 없다. 샤토브리앙의 숲은 새와 꽃, 멀리 들리는 개 짖는 소리까지, 홀로 있으나 외롭지만은 않다. 그러나 이 '노란 숲'을 시의 화자 '나'는 다른 그 어떤 사람도 없이 홀로 걷 고 있다. 이런 설정에도 개인주의를 신봉하는 미국의 이념이 담겨 있다.

3

미국인들은 쉽고도 심오한 이 시를 쓴 로버트 프로스트 Robert Frost, 1874~1963를 매우 사랑했다. 그는 미국에서 문필가들에게 주는 가장 명예로운 문학상인 퓰리처상을 네 번(1924, 1931, 1937, 1943)이나 받았다. 미국 입법부는 그에게 '의회 명예 황금 훈장Congressional Gold Medal'을 수여했다. 민간인이 받을 수 있는 최고의 영예다. 하버드대학을 한 2년 정도 다니다가 자퇴했지만 미국의 이 최고 명문대학은 그에게 명예학사 학위를 수여했다. 그가 한 학기 다니다 만 또다른 아이비리그 대학인 다트머스대학은 명예학위를 그에게 두 번이나 주었다. 장수의 복도 누린 그는 여든여섯 살 때 존 F. 케네디 대통령 취임식에 초대받아 시를 낭송했다. 케네디 대통령이 마흔여섯 살 때 암살당한 것은 1963년 11월, 같은 해 1월에 프로스트도 여든여덟 살의 나이로 세상을 떠났다.

프로스트는 장수했을뿐더러 그의 목소리도 들려주고 떠났다. 노년 때이기는 하지만 직접 이 시를 낭독한 녹음을 들을 수 있다(QR 코드 참조).

4

세월이 흐를수록 젊은 날의 선택이 갖는 의미가 점점 더 거창해 보일 수 있다. 이 시는 가을 숲길의 선택을 다소 과장하는 것으로 끝난다. '모든 차이'가 그 선택 때문에 생긴 것이라고, 먼 훗날에 생각할 것이라고 한다. 또한 선택하지 않은 길에 대한 미련도 버리지 않는다. "아, 나는 첫번째 길은 다른 날로 미루기로 했다!" 이렇게 시인은 후회하지만 그 '다른 날'은 오지 않는다. 인생이라는 여행길의 시간은 되돌릴 수 없다.

내 경우도 예외는 아니다. '모든 것을 달라'지게 할 선택들이 없을 리 없다. 나의 전공과 직업 선택은 내가 읽은 이 시의 상황과 유사하다. 나는 남들이 덜 가는 길인 듯해서 그 길을 갔다. 대학 동기 중 다수는 취업하고, 돈 모으고, 아파트를 분양받고, 주식을 해서 돈 벌고, 골프회원권을 사서 골프 실력을 연마하는 길을 갔으나 나는 그 길을 택하지 않았다. 내가 택한 길이 경제적 곤경과 계속 동행해야 하는 길임을 깨달았을 때는 이미 너무 멀리 와버렸기에 다시 선택의 지점으로 되돌아가 '다른 길'로 가는 선택은 전혀 생각할 수 없었다.

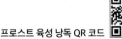

프로스트 육성 낭독 QR 코드

Robert Frost

오랜 침묵 후
After Long Silence

말하기, 오랜 침묵 후, 옳은 일이구나.
다른 모든 연인 서먹해지거나 죽었고,
불친절한 등잔불 자기 그림자 밑에 숨었고,
불친절한 밤 커튼 쳐서 가려놓았으니
우리 목소리 합쳐 화음에 또 화음을 쌓는다,   5
'예술'과 '노래'의 드높은 주제 선율 삼아.
육체적 노쇠는 지혜다. 젊을 때
우리는 서로 사랑했고 우리는 무지했다.

**윌리엄 버틀러
예이츠**

Speech after long silence; it is right,

All other lovers being estranged or dead,

Unfriendly lamplight hid under its shade,

The curtains drawn upon unfriendly night,

That we descant and yet again descant   5

Upon the supreme theme of Art and Song:

Bodily decrepitude is wisdom; young

We loved each other and were ignorant.

나는 클래식 음악을 사랑하기에 침묵의 가치에 특히 민감하다. 악기의 잔잔한 울림을 침묵 없이 어떻게 감상할 수 있을까. 피아니시모의 여린 소리를 보호해줄 침묵을 찾아보기가 쉽지 않은 세상이기에 침묵은 더욱더 소중하다.

침묵은 음악뿐 아니라 말에도 필요하다. 이 시는 긴 침묵으로 다져놓은 텃밭에 '말'을 새로 심는다. 이 침묵은 세월의 침묵이다. 세월이 흐르면서 많은 것이 변하고 사라지고 달라지고 망가졌다. '서먹해지거나 죽'은 '연인들', 등잔불이나 커튼 등의 실내 소품도 '불친절'해 보이는 음산한 세월의 흔적을 침묵이 증언한다.

그러나 세월의 잔해를 품은 침묵 위에 새롭게 음악 같은 말을 세운다. 어떻게 그 침묵을 깰 수 있을까? 비밀은 '다른 모든 연인'에 담겨 있다. '다른 모든'이 아닌 한 사람이 아직 곁에 있다. 두 사람은 '불친절한' 세월이 아직 갈라놓지 않은 친한 사이다. '우리'는 함께 말하고, 마치 노래하듯 화음을 만든다. 대화의 주선율, 즉 주제는 '예술'과 '노래'다. 오랜 침묵 후이기에 이들의 이중창은 더 아름답게 울려퍼진다.

세월이 남긴 침묵과 그에 대처하는 말의 화음을 예찬한 후 이 시는 인간 삶의 본질적인 문제에 대한 답을 제시한다. 생로병사生老病死, 그중에서 '노'의 문제는 급속한 고령화가 진행되는 현재 한국 사회에서 가장 큰 화두의 하나가 되었다. 덜 빨리

늙거나 안 늙은 척하는 방법도 있겠으나 '육체적 노쇠'와 싸워 이기기란 쉽지 않다. 이 시는 어차피 다가올 노쇠함이라면 차라리 그것을 인정하고 거기에서 새로운 '노래'를 찾으라고 한다. '젊을 때' 육체적 사랑을 즐길 수 있었으나 '무지'했다. 반면 이제는 늙었으나 '지혜'를 얻는다면 그것도 행복이다. 이 시는 이렇게 충고한다.

2

이 시는 길지 않다. 총 8행에 불과하다. 그러나 시어의 선택과 배치는 정교하고 치밀하다. 번역으로는 완벽히 전달하기 어렵지만 각 행의 마지막 음절이 각운을 이룬다(1~4행, 2~3행, 5~8행, 6~7행). 시 자체가 시가 묘사하는 화음을 만들어낸다.

이 시에서 가장 먼저 듣는 말은 'speech'라는 1음절 단어다. 이 말은 침묵을 깨는 첫마디면서 동시에 자신의 상극인 'silence'와 두운('s-' 소리)을 만들며 서로 화합한다. 2행의 'estranged'에까지 이어지는 's-'의 울림을 3행의 'shade'도 약간 굴절시켜 받는다. 분위기를 밝게 전환한 후인 6행에서도 'supreme'과 'song'이 's-'의 가락을 이어간다.

흘러간 세월이 남긴 고독을 묘사하는 2행에서 'other'를 배치해 아직 남은 한 사람이 있음을 암시한다. 만약 'all other lovers'가 아니라 'all lovers'였다면 고독의 침묵을 깰 가능성은 완전히 배제되었을 것이다. 곁에 아직 한 사람이 남아 있기 때문에 'unfriendly'의 반복(3행, 4행)은 그다지 문제될 것이 없다.

원문은 전체가 한 문장으로 되어 있다. 번역에서는 그것을 그대로 살리기가 불가능했지만 1행에서 시작된 아직 끝나지 않은 한 문장 속에서, 5행에서는 이제 침묵 덕에 아름다운 노래가 펼쳐진다. 이때 쓴 'descant'는 주선율을 보다 더 높은 음조로 변주해 부르는 음악형식을 뜻한다. 이 단어를 반복하면서도 'yet again'을 사이에 넣었다. 온갖 세월의 상처와 파괴에도 불구하고 주제를 더 높고 더 정교한 변주로 고양한다.

이 시는 각운도 일품이지만 영시 고유의 음악성인 박자(강세)를 적절히 적용해 시의 리듬을 만들어낸다. 앞서 언급한 5행으로 예시하면 다음과 같다(진한 대문자가 강세 음절).

That **WE** / des-**CANT** / and **YET** / a-**GAIN** / des-**CANT**

이와 같이 강세 없는 음절과 강세 음절이 '약-강' 패턴을 정갈하게 만들어낸다. 다른 시행들에서는 이런 기본 패턴에 약간의 변형을 가미한다. 예를 들면 육체적 노쇠를 떳떳하게 받아들이는 7행은 4음절 단어 'decrepitude'를 집어넣어 독특한 강세 리듬을 다음과 같이 구현한다.

BO-di-ly / de-CRE-/pi-TUDE /is WIS-/dom；
YOUNG

시행을 시작하며 영어 및 영시의 기본 박자인 '약-강'을 깨는 '강-약-약(BO-di-ly)'이 육체적 노쇠 문제를 제기하지만 가장 두려운 단어인 'decrepitude'는 오히려 '약-강' 리듬을 회복시켜 평안을 유지하게 해주는 통로가 된다. 대단한 기교다.

3

이 시의 작가는 윌리엄 버틀러 예이츠William Butler Yeats, 1865~1939로 이 시는 그의 1932년 시집 『음악을 위한 가사, 아마도Words for Music, Perhaps』에 수록되어 있다. 이 시집을 펴낼 때 그의 나이는 60대 후반이었다. 예이츠는 20대부터 시를 쓰기 시작했고 로버트 프로스트만큼은 오래 살지 못했지만 일흔세 살까지 수많은 작품을 남겼다.

예이츠는 잉글랜드계 아일랜드인Anglo-Irish이다. 말하자면 그는 잉글랜드에서 아일랜드로 건너온 정복자들의 후손이지만 젊은 시절에는 '아일랜드적' 민족문학을 추구했다. 또한 그는 20세기 초 아일랜드에서 전개된 반영국 무장투쟁 시기에 온건한 아일랜드 독립운동에 동조하며 자기 자리를 지켰다. 그런 공로와 아일랜드 및 영어권 전체에서 차지하는 그의 문학적 위상을 존중해 1922년에 새로 출범한 '아일랜드 자유국Irish Free State'은 그를 상원 의원으로 추대했다. 아직 군사와 외교권이 없고 영국에 종속된 자치국 수준이긴 했으나 아일랜드 자유국은 아일랜드가 (12세기부터 시작된) 오래된 영국 식민지배에서 벗어나는 발판이 되었다.

예이츠는 권력을 잡는 것이 삶의 목표인 민족주의 정치인이 아니었다. 영국의 언어와 문화, 시적 전통에 대한 애착심을 버린 적도 없었다. 그는 이 시에서도 영시의 오랜 전통을 충실히 따르고 있다. 그러나 동시에 자신이 아일랜드인이라는 사실을 부인하지 않았고 독립투쟁의 산고를 겪는 조국의 아픔을 안타까워했다. 1923년 스웨덴 한림원은 그에게 노벨문학상을 수여했다. 그때 그의 공로로 명시한 것 중에는 그가 '(아일랜드) 민족 전체의 정신을 표현한' 시들을 지은 점이 포함되어 있다.

젊은 날의 예이츠는 그야말로 '사랑했'지만 동시에 '무지했다.' 그의 '무지'한 사랑의 대상은 모드 곤Maud Gonne이라는 운동권 여성이었다. 그녀는 그의 구애와 청혼을 수차례 거절하고 다른 독립운동가와 결혼했다. 예이츠는 그녀의 결혼에 격분했고 결혼이 파경에 이르자 흡족해했다. 예이츠는 법적인 남편과 별거하고 있던 그녀와 파리에서 드디어 육체적 관계를 맺었다. 그럼에도 불구하고 두 사람은 다시 가깝고도 먼 사이로 되돌아갔다.

예이츠는 쉰 살이 넘어 스물다섯 살의 여인과 결혼했다. 두 사람은 나이 차이에도 불구하고 원만한 관계를 유지했고 자식

도 둘이나 낳았다. 이 시에서 언급하는 '우리'는 정확히 특정할
수 없지만 그의 나이 어린 아내도 강력한 후보 중 하나다.

$$\overline{4}$$

이 시를 처음 읽고 배웠을 때 나는 철없는 학부생이었다. 시
의 의미와 묘미를 느낄 수 없는 나이였다. 시를 가르쳤던 선생
님은 당시 내 눈에는 상당히 나이들어 보였지만 사실 아직은
40대 중반이었다. 이후 나는 그와 같은 직장 동료로 일한 적도
있으나 그는 정년을 채우지 못하고 예순세 살에 암으로 세상
을 떠났다. 등단한 시인이기도 했던 그가 이 시를 읽고 설명하
며 표현 하나하나를 아주 맛있게 음미하던 모습이 생생하다.
어린 학생은 노년의 지혜니 뭐니 하는 이야기에 감동할 리 없
었으나 선생님이 시를 읽고 즐거워하던 모습은 흥미롭게 구경
할 수 있었다. 대체로 과묵했던 그는 '침묵' 속에 잠겨 있을 때
가 많았다. 그러나 이 시의 화자처럼 '예술'과 '노래'의 '드높은
주제'를 찬미할 때는 그의 목소리 속에서 깊은 저음이 화성을
이루며 울려퍼지곤 했다.

보라 여기, 파도는 속삭거리고

Ecco, momorar l'onde

보라 여기, 파도는 속삭거리고
가지 잎사귀들 파르르 떠는 걸
아침 바람에, 또 어린나무들에는
또 파란 가지들 위 기분 좋은 새들
부드럽게도 노래하는 걸,   5
또 동녘 하늘 미소 짓는 걸.
보라 여기, 벌써 새벽이 밝아오고
또 바다 거울삼아 제 모습 비추며
또 하늘을 다시 평온하게 하고,
또 평원에 달콤한 이슬을 진주처럼 뿌리며,   10
또 높은 산들 위에 금빛 씌우는 걸.
아, 곱고도 매혹적인 여명이여,
바람결은 너를, 또 너는 바람결을 전하고,
모든 메마른 가슴 소생하게 하는구나.

토르콰토 타소

Ecco mormorar l'onde,

E tremolar le fronde

A l'aura mattutina, e gli arboscelli,

E sovra i verdi rami i vaghi augelli

Cantar soavemente,   5

E rider l'Oriente:

Ecco già l'alba appare,

E si specchia nel mare,

E rasserena il cielo,

E le campagne imperla il dolce gelo,   10

E gli alti monti indora.

O bella e vaga Aurora,

L'aura è tua messaggera, e tu de l'aura

Ch'ogni arso cor ristaura.

1

몇 년 전부터 전원주택에서 살고 있는 나는 매일 아침, 아침과 인격적으로 대면한다. 동이 트면 하늘이 점차 옅어지고 새들이 깨어 지저귀기 시작한다. 아래 동네 닭 우는 소리도 이따금 들려온다. 바람의 느낌과 냄새도 달라진다. 또 새날이 왔음을 자연은 다채롭게 알려준다.

이 시는 자동차 엔진소리가 깨우는 도시의 아침이 아니라 전원의 아침을 떠올리면서 감상하면 좋다. 동해 바다가 멀지 않은 한적한 휴양지를 가정하면 더 적절하다. 바다 위로 해가 뜨자 파도가 먼저 '속삭거리'더니 바다에서 불어오는 바람이 뭍의 나뭇가지 '잎사귀'들을 깨운다. 새날이 또 왔음을, 살아 있음을 확인하고, 공기와 바람을 기뻐하고 만족해하는 새들이 노래로 바람에 화답하자 떠오르는 해를 품은 동녘 하늘은 미소 짓는다.

새벽은 이렇듯 '벌써' 와 있다. 우리가 준비하고 노력하고 만들어낸 결과가 아니라 자연의 순환으로, 지구가 밤새 부지런히 회전한 덕에 어김없이 새날이 온다. '새벽'이 바다를 거울삼아 모습을 점검한 후 하늘은 이제 밤이 아닌 낮의 체제로 바뀌며 다시 '평온'해진다. 바다가 정비된 후 평원에 이슬이 내리고 산봉우리도 '금빛'으로 물든다. 우리말로는 보통 '붉게 물들었다'고 하지만 원문은 그렇게 표현한다.

이렇게 풍경화를 그려놓고 시인은 마지막 3행에서 '여명'을 의인화해(원문에서는 대문자다) 말을 건다. '여명'과 '바람결'은 서로가 서로를 전하는 전령(원문 그대로 뜻을 따르면)이다. 의인화된 '여명'과 '바람결'은 '모든 메마른 가슴'을 '소생하게' 하는 데 힘을 합친다.

새날, 여명은 시간 속에 사는, 세월의 물결에 떠내려가는 인생을 감내하게 해주는 약이다. 과거의 아픔을 되새김하고(셰익스피어), 가버린 날들 생각에 '실없는 눈물'을 흘리고(테니슨), 택하지 않은 길을 아쉬워하며(프로스트) 뒤척이던 간밤의 울적함이 남긴 '메마른'(또는 원문의 또다른 뜻인 '타버린') 가슴들을 다시 회복시키고 소생하게 한다.

2

오늘날 영어는 세계인의 공용어 지위를 누린다. 특히 미국을 통해 서구를 접한 한국에서는 영어의 위세가 드세다. 그러나 서구 문명의 원조는 영국이 아니다. 이탈리아와 프랑스, 이 두 문화권이 오늘날 서구 문명의 정체성을 형성하고 발전시켰다. 문학도 예외가 아니다. 이 책은 셰익스피어로 시작했으나 셰익스피어가 태어나기 전 이미 이탈리아어 문학은 뛰어난 명성을 누리고 있었다. 영국이 영문학이라고 내세울 업적이 마땅치 않았던 13세기 말부터 14세기까지 단테와 프란체스코 페트라르카(다음 산책로에서 만날 것이다)라는 찬란한 금자탑을 이룩

해놓았다. 이 대가들은 이탈리아어 고유의 속성을 탐구하고 극대화하는 방식을 모범으로 보여주었다. 이 시도 그런 대열에 당당히 들었다.

전체 14행인 이 시는 2행씩 같은 소리로 각운을 만든다. 대부분의 단어가 모음으로 끝나는 이탈리아어는 이런 각운을 구현하는 데 뛰어나다. 각운의 소리들은 다소 비슷해 보여도 그 음가는 다르다. 마지막 4행을 예로 들면 'indora(금빛 씌우다)'(11행), 'Aurora(여명)'(12행)의 '-ora'는 'l'aura(바람결)'(13행), 'ristaura(소생하게 하다)'(14행)의 '-aura'와 어울리면서도 비껴간다. 또 2행, 4행, 6행을 시작하는 접속사 'E'(영어로 'and')를 과감하게 8행에서 11행을 시작할 때도 연달아 사용한다. 시를 시작하는 단어 'ecco'도 7행에서 한번 더 반복함으로써 극적인 효과를 살리고 있다. 이 단어는 이탈리아어에서 널리 쓰이는 말로 뜻과 어감이 '자 여기 있어!'에서부터 '그래서 그런 거야!' 등 매우 다양하다. 한 단어로만 옮기면 뜻이 잘 전달되지 않을 것 같아 '보라 여기'로 번역했다.

이 시의 운율은 리듬을 타고 전개된다. 눈으로 볼 때 짧은 시행(1~2, 5~9, 11~12, 14행)은 7개 또는 8개의 음절이 3개의 강세를, 긴 시행은(3~4, 10, 13행) 12개 또는 13개 음절이 4개의 강세를 만든다. 불과 두 단어로 된 5행과 일곱 단어로 된 10행으로 이 패턴을 예시하면 다음과 같다(진한 대문자가 강세 음절, 번호는 음절 순번).

Can-**TAR** so-**AV**-e-**MEN**-te, (5행)

  1   2   3   4   5   6   7

E le cam-**PA**-gne im-**PER**-la il **DOL**-ce **GE**-lo, (10행)

1 2   3   4   5   6   7   8 9   10   11 12 13

이탈리아어는 철자 그대로 발음하는 언어이기에 이 두 시행을 소리 내어 읽어보면 그 맛을 더 느낄 수 있다(10행 'campagne'는 '캄파녜', 'dolce'는 '돌체', 'gelo'는 '젤로'로 발음한다).

프랑스어와 마찬가지로 라틴어 계열 언어인 이탈리아어는 모든 명사가 남성 또는 여성으로 구별된다. 시인은 당연히 이탈리아어의 이런 특질을 활용한다. '여명'으로 번역한 'Aurora'와 '바람결'로 번역한 'aura'는 여성 명사다. 원문에서는 이 두 단어를 여성으로 의인화하고 있기에 '바람'이 아니라 '머릿결'을 연상시키는 '바람결'로 번역했다.

3

이 시의 작가는 토르콰토 타소Torquato Tasso, 1544~1595로 16세기 르네상스시대 이탈리아를 대표하는 시인 중 한 사람이다. 1574년(30세)에 발표한 서사시 「해방된 예루살렘 Gerusalemme liberata」으로 유명하지만 이 시를 포함해 탁월한 언어적 감각을 과시하는 서정시를 많이 남겼다. 이탈리아는 당시 여러 독립 국가로 나뉘어 있었다. 타소는 나폴리, 우르비노, 베네치아, 페라라, 만토바, 피렌체, 로마 등 여러 도시 국가에서 활동했다. 그중 페라라가 특히 중요하다. 타소는 나폴리왕국에서 태어났지만 페라라의 공작이 그의 뛰어난 재주를 알아보고 그를 데려와 후원했다. 타소는 페라라에서 훌륭한 작품들을 완성한 서른 살 이후로 점차 성격이 괴상해져 계속 사고를 쳤다. 정신도 이상해졌다. 그의 이후 인생은 우울하고 갑갑했다. 오랜 세월 정신병원에 갇혀 있었고 퇴원한 후에도 정신질환에 시달리다 생을 마감했다.

타소의 삶은 불행했으나 그의 시들은 많은 이의 사랑을 받았다. 천재는 천재를 알아보는 법이라 했던가. 음악성이 뛰어난 그의 시를 만토바에서 활동하던 작곡가 클라우디오 몬테베르디Claudio Monteverdi, 1567~1643가 자신의 마드리갈madrigal 가사로 여러 편 사용했다. 몬테베르디의 마드리갈은 여러 형태가 있으나 주로 남녀의 높고 낮은 성부가 따로 또 같이 노래하는 다성 음악이다. 몬테베르디는 타소의 이 시를 가사로 하여 만든 곡을 1590년에 출판한 『두번째 마드리갈 책Secondo Libro de' Madrigali』에 수록했다. 비교적 덜 화려한 몬테베르디의 초기 스타일 음악이다(QR 코드 참조). 몬테베르디는 종교 음악, 오페라 등 숱한 명작을 남겼고 마드리갈 모음집도 총 9권을 냈다. 타소가 언어의 귀재라면 그는 음악의 귀재였다. 몬테베르디도 타소처럼 개인사가 늘 순탄하지는 않았다.

$$\overline{4}$$

나는 영어를 어린 시절에 일찍 배웠다. 또 어쩌다보니 영문학 선생으로 먹고살았다. 그런 내가 영어를 놔두고 다른 언어와도 사귀기 시작한 내력은 제법 되었다. 학부생 시절인 20대부터는 프랑스와 프랑스어에 끌렸다가 40대부터는 이탈리아의 문화, 음식, 언어, 문학에 매료되었다. 지금도 그런 상태다. 음식, 도시, 음악, 명품, 외모 등 이탈리아 문화를 어떤 식으로든 즐겨본 이들은 그 이유를 쉽게 짐작할 수 있을 것이다. 이미 출간한 유럽 도시들에 대한 나의 책들에서도 이탈리아에 대한 편애가 두드러진다. 이 책의 첫 산책도 이탈리아 시로 마무리했다.

몬테베르디의 마드리갈, 〈보라 여기, 파도는 속삭거리고〉 QR 코드

사랑의 기쁨,

사랑의 아픔

붉고 붉은 장미

A Red, Red Rose

아 내 사랑은 붉고 붉은 장미,
  유월에 갓 피어난 듯해.
아 내 사랑은 노랫가락,
  화음 달콤하게 부르는 듯해.

넌 그토록 곱기에 내 예쁜 아가씨,   5
  그토록 깊이 난 사랑에 빠졌지,
또 난 늘 사랑하려 해, 내 님아,
  모든 바다 다 마를 때까지.

로버트 번스

O my Luve is like a red, red rose
   That's newly sprung in June;
O my Luve is like the melody
   That's sweetly played in tune.

As fair art thou, my bonnie lass,   5
   So deep in luve am I;
And I will luve thee still, my dear,
   Till a' the seas gang dry.

모든 바다 다 마를 때까지, 내 님아,
　또 바위들 태양에 녹을 때까지,　　　　　　　　　　10
난 늘 사랑하려 해, 내 님아,
　인생의 모래시계 다할 때까지.

잘 지내, 내 하나뿐인 사랑!
　그동안 잘 지내고 있어!
난 다시 돌아올 거야, 내 사랑,　　　　　　　　　　15
　일만 마일 떨어져 있다 해도.

Till a' the seas gang dry, my dear,

And the rocks melt wi' the sun: 10

And I will luve thee still, my dear,

While the sands o' life shall run.

And fare thee weel, my only luve!

And fare thee weel awhile!

And I will come again, my luve,   15

Though it were ten thousand mile.

1

붉은 장미는 젊을 때 내가 가장 좋아하던 꽃이었다. 내가 태어난 달을 상징하는 탄생화이기도 하거니와 로맨틱한 향을 풍기고 꽃잎의 자태가 무척 아름답게 보였다. 사춘기 시절에는 막연히 사랑을 느끼고 싶은 감정도 붉은 장미가 전해주었다. 이처럼 사랑을 연상하게 하는 붉은 장미를 연인에 비유한 이 시는 매우 보편적인 정서를 표현한다. 그다지 어렵지 않은 시이기에 해설이 장황할 필요는 없다. 그러나 약간의 드라마가 이면에 깔려 있다.

한반도에서는 5월 중순부터 장미가 피지만 영국에서는 6월이 개화기다. 6월은 1년 중 가장 해가 길고 날씨가 좋은 달이다. 그렇기에 곱디고운 '내 사랑'을 '유월에 갓 피어난' 붉은 장미에 비유했다. 영어에서 가장 예쁘고 제일 상쾌한 느낌을 주는 꽃 이름이기에 이보다 더 편리한 표현도 없을 것이다.

장미 같은 연인을 보고 있으면 노래가 절로 나온다. 이 시의 화자가 '내 님'과 사랑에 빠진 정도가 심상치 않다. 그런 상태에서 대부분 그렇듯 사랑의 감정에 압도당한 이 순간이 영원히 지속되기를 바란다. 이 시에서도 극단적 과장법이 연달아 쓰였다. "모든 바다 다 마를 때까지" 늘 사랑하겠단다. 영국은 섬나라다. 사방이 바다로 에워싸여 있으니 '바다'가 가장 먼저 나왔다. 또한 "인생의 모래시계"가 다 흘러내릴 때까지, 즉 죽을 때까지 사랑하겠다고 한다.

그런데 그 사이에 "바위들 태양에 녹을 때까지" 늘 사랑하 겠다는 비유가 끼어 있다. 여기에 불씨가 있다. 영국에서, 특히 번스가 태어나서 살던 스코틀랜드에서 태양이 그렇게 뜨거운 날은 거의 없다. 대개 우중충하고 걸핏하면 비를 뿌리고 바람 사나운 기후다. 태양이 바위를 녹일 일은 전혀 없다. 반면 바 다로 배를 타고 멀리 더운 지역으로 가면 분명히 바위도 녹일 듯 뜨거운 태양을 만날 수 있다.

아니나다를까. 그토록 열렬히 사랑한다면서 갑자기 '잘 지 내'라며 작별인사를 한다. 떠나도 그냥 잠시 가까운 데 갔다 오 는 것이 아닌 모양이다. 자기가 연인을 떠나 있는 '그동안'이 얼 마일지 알 수 없다. 얼마나 멀리 가는지도 불분명하다. 마지막 행에서는 "일만 마일 떨어져 있다 해도"라고 하는 것을 보면 아 마도 '뜨거운 태양'이 있는 적도 주변 어디, 가령 자메이카 같 은 영국 식민지일지도 모른다.

그 말을 듣고 있던 '내 사랑'은 뭐라고 대꾸했을까? 시에는 나오지 않지만 추측은 해볼 수 있다. 시의 화자 남성은 일방적 으로 자기 이야기만 했다. 사랑 고백을 듣고 있던 여인이 정말 로 '붉고 붉은 장미' 같다면 아마도 장미와 비슷하게 반응했을 법하다.

붉은 장미는 내가 직접 정원에서 키워본 경험에 비추어보면 개화 시기가 그렇게 긴 편은 아니다. 활짝 핀 상태로는 3주 정 도밖에 가지 않는다. 시들 때 모습은 별로 아름답지 않다. 게 다가 장미 꽃나무에 잘못 다가갔다가는 가시에 찔린다. 찔려

본 사람은 알겠지만 상당히 아프다. 온순하고 청순한 아가씨라 해서 자신의 아름다움이 "모든 바다 다 마를 때까지" 영원히 지속되지 않음을 모를 리 없다. 그런데 사랑한다며 자기를 떠나간다고? 분노한 젊은 여성은 예리한 장미의 가시로 남성에게 상처를 냈을지도 모른다.

—
2

이 시의 원문을 보고 "뭐야, 영어 철자가 틀렸잖아!" 하며 책을 반품하겠다고 할 독자가 혹시 있을지도 모른다. 철자는 이상 없다. 다만 표준 영어가 아니라 스코틀랜드 지역의 영어 철자일 뿐이다. 스코틀랜드식 영어는 문법에는 별 차이가 없으나 일부 단어가 독자들이 아는 영어와 다소 다르다. 시인은 스코틀랜드식 어휘를 섞어 사용해 토속적인 분위기를 연출한다. 이를테면 'love' 대신 'luve'(1, 3, 6, 7, 11, 13, 15행), 'go' 대신 'gang'(8, 9행), 'well' 대신 'weel'(13, 14행), 5행의 'bonnie lass(예쁜 아가씨)' 등이다.

스코틀랜드적 맛을 풍기는 시지만 음악성을 만드는 방식은 일반적인 영시의 기법을 그대로 따른다. 각 연은 한 행씩 건너뛰며 각운을 한 차례 만든다. 1연에서는 2행의 'June'과 4행의 'tune', 2연에서는 6행의 'I'와 8행의 'dry', 3연에서는 10행의 'sun'과 12행의 'run', 4연에서는 14행의 'awhile'과 16행의

'mile'이 각운을 이룬다. 리듬에서는 영시의 기본 박자인 '약-강'을 주로 사용한다. 예를 들어 9행의 박자는 다음과 같이 전형적인 '약-강' 비트를 네 번 울린다(진한 대문자가 강세 음절).

Till A' / the SEAS / gang DRY, / my DEAR,

전체적으로 사용된 단어들은 단음절이 많고 뜻도 복잡하지 않다. 비교적 심오하거나 복잡한 비유라고 할 표현은 "인생의 모래시계"(12행) 정도다. 모래시계는 한국인들에게 대개 사우나에서 시간을 재는 용도로 사용되는 작은 규모의 기구를 떠올리게 할 테지만 좀더 큰 모래시계를 상상해보면 될 것이다. 크건 작건 모래시계에서 모래는 매 순간 구멍으로 끝없이 빠져나간다. 인생의 모래시계 속 모래가 어김없이 줄어들고 있다면 '붉고 붉은 장미'와 더 늦기 전에 사랑을 나누어야 할 것 아닌가? "사랑한다며 어디로 왜 멀리 떠나가야 하는 거지?" '장미'로 비유된 여인은 당연히 이렇게 물을 권리가 있다.

3

이 시는 스코틀랜드 시인 로버트 번스Robert Burns, 1759~1796의 작품이지만 그가 100퍼센트 전부 창작한 것은 아니다. 시인이 스코틀랜드 민요를 각색하고 수정했다. 솜씨 좋은 시인 번스는 소박한 민요를 복선이 깔려 있는 연애시로 바꾸었다. 번스는 가난한 농부 집안에서 태어나 육체노동을 하며 교육을 띄엄띄엄 받았으나 스코틀랜드의 수도 에든버러의 출판업자들과 지식인들은 그의 시적 재능을 이내 간파했다. 당시 스코틀랜드 사회에서는 출신 배경이 아니라 실력으로 평가하는 문화가 견고히 자리잡고 있었다. 흙수저 번스는 실력 하나만으로 에든버러에서 A급 문인 대접을 받았다.

스코틀랜드는 같은 영국 섬을 잉글랜드와 공유하지만 오랫동안 엄연히 다른 나라였다. 잉글랜드와 국경지대에서 전투를 벌인 일도 부지기수였다. 물론 잉글랜드와 평화롭게 교류하는 때가 더 많기는 했다. 앞에서 살펴보았듯 스코틀랜드에서도 잉글랜드의 언어를 사용했고 왕실끼리도 서로 통혼했다. 그런 통혼 덕에 잉글랜드의 처녀 여왕 엘리자베스 1세가 후사 없이 사망하자 가장 가까운 남성 친척 제임스 6세가 영국으로 내려와 스코틀랜드와 잉글랜드 왕을 겸직했다. 그는 여전히 스코틀랜드 왕이기도 했으나 잉글랜드 왕 역할을 훨씬 더 즐겼다. 잉글랜드가 기후도 좋고 훨씬 잘살았으므로 그를 탓하기는 어렵다. 잉글랜드에서 태어나고 자란 그의 아들과 손자 왕들은 말로만 스코틀랜드 왕을 겸했을 뿐 북쪽 왕국에는 별 관심이 없었다.

왕실이 통합된 지 한 100년 후인 1707년, 잉글랜드와 스코틀랜드의 의회도 통합된다. 복잡한 배경을 쉽게 요약하면 잉글랜드로서는 북쪽 나라와 군사 충돌의 소지를 없앨 수 있고,

스코틀랜드는 한참 부강한 해양제국으로 부상하던 잉글랜드와 정치체제를 통합하면 경제적 이득도 같이 누릴 수 있으리라는 계산이었다. 이렇게 잉글랜드와 군사적·외교적·경제적으로 한 나라가 된 스코틀랜드는 18세기 내내 외형적으로는 현저하게 발전했다. 다른 한편, 18세기 말이 되면 경제 발전에만 몰두할 것이 아니라 스코틀랜드의 문화적 특색도 지켜야 한다는 생각이 지식인들 사이에서 확산되었다. 이런 국면에서 서민층 출신 번스의 구수한 방언 시들이 등장했고 나오자마자 대히트를 쳤다.

번스는 한참 인기를 얻던 서른일곱 살에 요절했다. 가난한 어린 시절에 영양이 부실한 탓도 있었지만 위스키를 너무 많이 마신 점도 한몫했다. 번스의 인기는 사망 후에도 계속되었다. 스코틀랜드가 잉글랜드의 산업혁명과 세계제국 경영에 적극 동참하면서 스코틀랜드 출신 기술자들은 전 세계로 진출했고 스코틀랜드 출신 이민자들 또한 미국, 캐나다 등으로 퍼져 나갔다. 본국에 사는 사람들뿐 아니라 먼 타국에 사는 스코틀랜드인들은 민족적 정체성을 소중히 간직하고 싶어했다. 번스의 시들은 그런 욕구를 쉽게 만족시켜주었다.

번스의 이 시는 스코틀랜드 민요 가락에 얹어 노래로도 불렸다. 이 시는 원래 민요 가사를 각색한 것이므로 노래 버전을 들어볼 이유는 분명하다(QR 코드 참조).

$$\overline{4}$$

　내가 번스에 대한 스코틀랜드인들의 사랑을 생생하게 체험한 것은 오래전 30대 초반에 스코틀랜드 글래스고에 처음 갔을 때다. 주량이 만만치 않은 스코틀랜드인들과 주점에서 맥주잔을 부딪치며 이들에게 스코틀랜드인들이 얼마나 훌륭한지, 특히 민족시인 번스(스코틀랜드식으로 발음하면 '버른즈')가 얼마나 훌륭한지 귀에 못이 박히도록 들었다. 당시만 해도 사비로 여행할 여력이 전혀 안 되던 형편이었으나 영국문화원에서 후원하는 워크숍에 참석해 잉글랜드에서는 옥스퍼드, 스코틀랜드에서는 글래스고 두 지역에서 연수를 받았다. 요즘 영국은 그런 데 세금을 쓸 여력이 없으나 1990년대만 해도 아직은 대영제국의 후광이 조금은 남아 있었는지 자신의 문화를 자랑하는 데 돈을 아끼지 않았다.

번스의 「붉고 붉은 장미」노래 QR 코드

아름다운 밤

Die Schöne Nacht

지금 나선다 난 이 오두막을,
내 사랑이 머물고 있는 이곳을.
조심조심 몰래 발걸음 떼며,
인적 없고 어둑한 숲속 지나니,
달님은 덤불과 나무 사이 비추고,   5
서풍은 달님 행차 선포하며,
자작나무는 허리 숙여 흩뿌린다
달콤한 향기 피워 달님 가는 길에.

이 선선함 참 날 즐겁게 해준다
곱디고운 이 여름철 밤은   10
아 여기 이 느낌 차분하기도 하다
영혼을 행복하게 해주는 그것은!
그 희열은 차마 다 알기 어려우나,
그래도 난 원하네, 하늘이시여,
이런 밤 천 번을 놓치더라도   15
내 여자 친구와 하룻밤만 주기를.

요한 볼프강 폰 괴테

Nun verlass' ich diese Hütte,

Meiner Liebsten Aufenthalt,

Wandle mit verhülltem Schritte

Durch den öden finstern Wald:

Luna bricht durch Busch und Eichen,　　　　　　5

Zephyr meldet ihren Lauf,

Und die Birken streun mit Neigen

Ihr den süßten Weihrauch auf.

Wie ergetz' ich mich im Kühlen

Dieser schönen Sommernacht!　　　　　　　　10

O wie still ist hier zu fühlen,

Was die Seele glücklich macht!

Läßt sich kaum die Wonne fassen;

Und doch wollt' ich, Himmel, dir

Tausend solcher Nächte lassen,　　　　　　　　15

Gäb' mein Mädchen Eine mir.

 나이들면 감정도 늙을까? 내 경우만 보면 '그렇다'가 답이다. 물론 아닌 사람들도 있을 것이다. '늙는다'는 말이 워낙 흉한 말처럼 들린다면 '성숙하다', '영글다'로 바꾸자. 성숙하고 영근 감정은 잘 익은 과일처럼 그 나름대로 맛이 깊다. 반대로 젊음은 여름철 탐스럽게 익은 과일처럼 자기만의 특별한 맛을 자랑한다. 이 시는 인생의 가을이나 겨울에 여름 과일을 다시 맛보는 그런 느낌을 준다.

 여름밤 시인은 홀로 은밀한 발걸음을 떼고 있다. 인적이 없는 숲속 길이다. 어디에서 오는 길인지 궁금할 틈도 주지 않고 1행에서 상황을 밝힌다. 연인이 머물고 있는 한적한 오두막에서 살그머니 나왔다. 이 오두막은 아마도 휴양지 별장 시설 정도로 추측할 수 있다. 그러나 아직 남의 눈에 띌 수는 없는 사이다. 그런 은밀함 자체도 시 속의 '나'는 자랑하는 듯하다.

 한반도의 여름밤은 그다지 낭만적이지 않다. 장맛비가 쏟아지지 않으면 습하고 무덥고 모기들이 극성을 피우는데다 날로 심해지는 기후변화로 열대야에 시달리는 운명이 되었다. 하지만 이 시의 분위기는 정반대다. 중북부 독일의 여름 숲이 배경이다. 낮에도 무덥지 않고 밤에는 시원하고 선선하기까지 하다. 물론 벌레의 공격으로부터도 비교적 자유롭다.

 연인의 거처에서 나온 '나'는 이렇듯 쾌적한 밤 덕분에 외롭지 않다. 또한 마침 그를 맞이하려 '달님'이 '행차'하고 '서풍'

이 불어오며 '자작나무'는 '달님'에게 예를 표하며 '달콤한 향기 피워' 길에 흩뿌린다. 이것 모두 '달님'에 대한 대접일까? 사실은 '나'를 위한 것이다. 달빛 비추고 산들바람 부는 오솔길을 걷는 '나'의 기분을 그렇게 표현한 것이다.

이렇듯 선선하고 차분하고 '영혼'의 '행복'을 느끼기 좋은 상태지만 '나'는 영혼과 정신, 내면의 기쁨보다는 다른 쪽을 더 욕망한다. '영혼'을 거론했으므로 '하늘'도 언급한다. 딱히 어떤 종교, 어떤 신인지는 밝히고 싶지 않다. 게다가 이 '하늘'에 드리는 기도는 조금은 의외다. '이런 좋고 아름다운 밤 천 번을 놓쳐도 좋으니, '내 여자 친구'와 '하룻밤만' 화끈하게 보낼 수 있게 해주세요! 중장년의 성숙한, 영근 감정에 비추어보면 미소 짓게 하는 젊은 사내의 전형적인 또는 진솔한 고백이다.

2

이 시는 독일어가 원문이다. 혹시 독일어와 독일 문화에 대한 편견을 갖고 있는 이들이라면 다소 놀랄지도 모른다. 독일 하면 떠오르는 고급 자동차나 정밀 공학, 아니면 엄격한 법제도, 아니면 히틀러와 나치, 아무튼 뭔가 딱딱하고 이성적인 문화라고 생각하기 쉽다. 독일어 철자도 이상하고 말소리를 들어도 딱딱하다는 인상을 받기 쉽다. 분명히 그렇게 느낄 부분이 있겠지만 정반대되는 요소도 적지 않다. 나 자신의 내면세계에 빠져들고 머리가 아닌 가슴으로 느끼는 체험을 추구하는 것도 독일 문화와 정신에 배어 있는 특징이다. 이런 점을 이 시는 잘 보여준다.

이 시는 '날 즐겁게$_{ergetz'}$ $_{ich\ mich}$'(9행)해주는 환경이 주는 '느낌$_{zu\ fühlen}$'(11행)과 또한 내가 '원하$_{wollt'\ ich}$'(14행)는 간절한 바람 등 모든 것이 다 '나'에게 집중되어 있다. 놀랍게도 자신이 사랑하는 연인이 붉은 장미처럼 예쁜지, 금발인지 등의 정보는 일체 제공하지 않는다. 이기적이라는 느낌마저 줄 정도로 사랑에 빠진 '나'는 나의 감정의 흐름을 따를 뿐이다. 번스의 시가 상대방 연인에게 말을 거는 대화로 끝나는 반면, 이 시는 독백으로 일관한다. '하늘'을 속으로 불러본 것도 나의 욕망을 내 마음속에서 선포한 것일 뿐이다. 번스의 시가 다소 시끄럽게 떠드는 분위기라면, 이 시는 고요하다. 잠잠히 이어지는 진솔한 독백을 엿듣는 것이 이 시를 감상하는 포인트다.

이 독백시는 사랑하는 연인의 매력을 묘사하지 않지만 독일어의 고유한 매력은 마음껏 과시한다. 영어와 친척 언어인 독일어는 영어처럼 강세가 늘 붙는다. 또한 혼합 언어인 영어에 비해 발음과 문법이 질서 정연하다. 규칙이 엄격하면 더 갑갑할지 모르나, 반면 그 덕에 더 정제된 균형을 만들어낼 수 있다. 이 시의 각 행 마지막 단어는 강세를 받는 음절과 강세를 받지 않는 음절을 교차해 배치한다. 그 소리들이 한 행씩 건너서 각운을 만들어낸다. 이 시의 이런 음악적 구도를 9행에서 12행으로 예시하면 다음과 같다(진한 대문자가 강세 음절).

WIE er-/**GETZ'** ich / **MICH** im / **KÜHL**-en

DIE-ser / **SCHÖN**-en / **SOM**-mer-/**NACHT**!

O wie / **STILL** ist / **HIER** zu / **FÜHL**-en,

WAS die / **SEEL**-e / **GLÜCK**-lich / **MACHT**!

각 행은 강세를 네 개씩 받는다. 영어에서는 '약-강'이 일반적이나 독일어는 '강-약'이 더 보편적이다. 또한 홀수 행들은 강세 없는 음절(-en)로, 짝수 행들은 강세를 받는 음절(-acht)로 끝난다. 전문용어로 강세 없는 음절로 끝나는 행을 '여성적 종지', 강세 받는 음절로 끝나는 행을 '남성적 종지'라 한다. 이 용어로 보면 여성과 남성이 서로 번갈아가며 마치 손잡고 춤을 추듯 시가 전개된다. 사랑을 노래하는 시 다운 형식이다.

3

이 시는 요한 볼프강 폰 괴테Johann Wolfgang von Goethe, 1749~1832의 1768년 작품이다. 귀족의 이름에만 쓰이는 'von'이 아직 사용되기 전 평민 청년 시절 작품이므로 '요한 볼프강 괴테'가 작가의 이름이다. 괴테는 프랑크푸르트의 부유한 시민인 부친의 뜻에 따라 법학을 공부하기 위해 라이프치히대학에 입학했다. 그러나 교수들 강의가 따분하고 신통찮다며 딴짓만 하다가 건강이 악화되어 이 시를 쓴 해에 고향 프랑크푸르트로 돌아왔다. 괴테의 삶은 이후로 여러 단계를 거치며 다양한 방향으로 전개되었다. 그는 당시로서는 아주 드물게 여든 살이 넘도록 장수했고 독일어권의 단연 최고 문인이자 사상가, 지식인, 심지어 과학자로서도 명성을 날렸다. 그의 길고도 화려한 경력을 이 시가 대표한다고는 할 수 없다. 그러나 청년 시인 괴테는 이미 모국어에 대한 뛰어난 감각을 드러낸다. 또한 상투적인 연애시가 아니라 내면의 독백과 자연과의 대화 속에 사랑의 감정을 구현한 독창성은 인정할 만하다.

괴테의 긴 생애는 하이든, 모차르트, 베토벤, 슈베르트 등 독일 음악의 거장들이 명곡을 탄생시킨 시기와 겹친다. 또한 이런 대가의 대열에는 오르지 못해도 다른 많은 작곡가가 오스트리아와 그 밖의 독일어권 나라에서 활동했다(아직 독일은 한 나라가 아니었다). 이 시대 독일어권 나라들에서는 상류층은 물론 중산층도 음악을 배우고 듣고 연주하는 것을 매우 중요한 교양의 기준으로 삼았다. 독일어 시를 가사로 한 독창 가곡 리트Lied도 이 시대에 꽃피웠다.

괴테의 이 시도 작곡가들이 그냥 놔둘 리 없었다. 요한 프리드리히 라이하르트Johann Friedrich Reichardt, 1752~1814가 곡을 입혀 가곡으로 만들었다. 라이하르트는 오늘날에도 자주 연주되는 유명 작곡가는 아니지만 독일 시인들의 작품을 가사로 하여 1500곡이 넘는 가곡을 발표했다. 이들 곡에는 괴테의 작품도 다수 포함되어 있다. 그는 괴테와 직접 만나 서로 교제한 사이이기도 했다. 이 시를 음악으로 만든 라이하르트의 〈아름다운 밤〉은 선율이 매우 아름답다(QR 코드 참조).

4

　내가 괴테를 처음 읽은 것은 아마도 중학교 3학년때였을 것이다. 그 시대에 대부분 그랬듯 좁은 집에 많은 식구가 살았고 벽 한쪽에는 서가가 있었다. 거기에는 을유문화사에서 펴낸 '세계문학전집'이 한자리를 차지하고 있었다. 청소년 사춘기가 되면서 문학소년 느낌을 즐기고 싶었던 나는 무작위로 이 책 저 책을 꺼내보곤 했다. 괴테의 『파우스트Faust』(1부)도 그중 하나였다. 제대로 이해하기는 어려웠으나 악마 메피스토펠레스에게 영혼을 판다는 설정이 무척 흥미로우면서도 으스스한 느낌을 받았다. 문학 연구를 업으로 삼고 학생들을 가르치면서 『파우스트』를 2부까지 몇 번 더 읽었으나 사춘기 때 만났던 『파우스트』가 준 기묘한 느낌은 내 기억 밑바닥 한구석에 남아 있다. 반면 괴테의 서정시들은 50대가 되어서야 읽었다. 독일어를 다루는 그의 능수능란한 솜씨에 감탄할 준비가 어느 정도 된 후에야 서정시인 괴테를 만날 수 있었다.

라이하르트, 괴테, 〈아름다운 밤〉 QR 코드

그가 나에게 소중하다는 것을 알았더라면
Had He But Known He Was So Dear

그가 나에게 소중하다는 것을 알았더라면
　내가 침착하고 냉정하게 말했을지라도,
날 여기 외롭게 놔두지 않았을 텐데!

그는 가다 멈추고 더 가까이 왔을 테고,
　그의 고운 머리로 더 다정히 인사했으리,　　　　　　5
그가 나에게 소중하다는 것을 알았더라면!

그는 내 귀에 살며시 속삭였을 텐데,
　오래전 내가 읽어낸 그 진실을.
날 여기 외롭게 놔두지 않았을 텐데!

엘리자베스
애커스 앨런

Had he but known he was so dear,

   Despite the calm, cool words I said,

He had not left me lonely here!

He would have paused, and come more near,

   And bowed full low his comely head,   5

Had he but known he was so dear!

He would have whispered in my ear

   The truth that long ago I read;

He had not left me lonely here.

속절없이 기다리며, 나 홀로 쓸쓸히,   10
　내 가슴은 모이 안 준 새처럼 시들어가네.
그가 나에게 소중하다는 것을 알았더라면!

그가 눈치챘었다면, 슬픔과 두려움이
　내 볼과 입술에서 붉은색을 쫓아냈을 뿐임을,
날 여기 외롭게 놔두지 않았을 텐데!   15

저멀리 지구 다른 반쪽 어디에서
　그의 발은 모르는 길로 이끌린다네.
그가 나에게 소중하다는 것을 알았더라면
날 여기 외롭게 놔두지 않았을 텐데!

Waiting in vain, alone and drear   10
   My heart pines like a bird unfed;
Had he but known he was so dear!

Had he but marked how grief and fear
   Drove from my cheek and lip the red,
He had not left me lonely here!   15

Far in another hemisphere
   His feet in devious paths are led;
Had he but known he was so dear
He had not left me lonely here!

1

　사랑이 미래 시제일 때가 있다. 어린 시절에는 그렇다. 미래
는 아직 이루어지지 않은 가정과 가상의 세계다. 그러다 청년
기에 이르면 사랑은 현재 시제가 된다. 나이가 들어가며 사랑
은 이제 과거 시제가 된다. 다만 과거라고 다 같은 과거가 아
니다. 실제로 일어났던, 성사되었던 사랑도 있으나 이루어지지
않은 사랑에 대한 기억도 과거의 한 영역을 차지한다. 과거의
한 축은 미래가 그렇듯 가정과 가상의 영역에 닿아 있다. 이 시
의 경우가 바로 그렇다.

　내가 이 시를 발견한 것은 아주 최근이다. 다른 책을 읽다가
이 시인을 소개받아 만나서 읽어보니 무척 흥미로웠다. 그중에
서도 가장 흥미로웠던 작품은 바로 이 시였다. 이 시를 좋아한
이유는 과거를 가정하는 감성으로만 사랑을 노래하는 매우 드
문 사례이기 때문이다. 우리가 앞서 만난 괴테는 사랑이 성취
될 미래를 희망하고, 번스는 지금 현재 사랑의 감정을 묘사한
다. 이 시는 '알았더라면'이라는 가상의 상황을 꿈꿔본다. 그러
나 그것은 이미 끝난 과거다. 행여나 다시 '그'가 돌아와 '나'의
외로움을 달래줄 가능성은 희박하다. 지구 반대편 어디엔가 가
있을뿐더러 애초에 자신의 마음을 제대로 전달하지도 못한 상
태에서 헤어지고 말았다. 그때 내가 좀더 적극적으로 내 마음
을 알리지 않았음을 후회한다. 후회하는 만큼 아쉬움의 고통
은 더 커진다.

'그'와 '나'의 사랑이 이루어질 가능성이 없지는 않았다. '나'는 그의 속마음 '진실'을 '오래전'에 '읽어낸' 바 있지만 '나'는 '침착, 냉정'한 척해야 했다. 왜 그래야 했을까? 독자가 속사정을 다 알 수는 없으나 당시 '나'는 모종의 '슬픔과 두려움' 때문에 그의 열정을 받아주지 못했다. 그래도 내 마음을 알아주기만 했다면 영영 나를 버리고 가버리지는 않았으리라 생각하지만, 그 생각은 '나'를 더 아프게만 할 따름이다.

이런 아픔과 아쉬움은 어떻게 해소해야 하나? 잊으려 해도 잊히지 않는, 한편으로는 아름답고, 또 한편으로는 괴로운 추억은? 시의 언어와 시의 음악으로 그 아픔을 승화시키는 처방을 이 시는 제시한다.

2

이 시의 형식은 '빌라넬레villanelle'다. 프랑스나 이탈리아 시 형식의 하나로 빌라넬레는 3행으로 된 연이 다섯 번 이어지다 마지막 연은 4행으로, 그때까지 이어진 3행들의 진행을 마무리한다. 빌라넬레는 시의 내용뿐 아니라 음악적 구성을 중시한다. 1연의 1행과 3행은 나머지 연들에서 후렴처럼 반복되다 시가 끝날 때 이 두 후렴이 서로 붙는다. 각 3행 단위 연에서 1행과 3행은 같은 각운을 계속 만들어가야 한다. 이렇듯 까다로운 형식의 빌라넬레를 영어로 만들기란 쉽지 않다. 단어의 끝소리가 비교적 일정한 프랑스어나 이탈리아어와는 그 생김새 자체가 다르기 때문이다. 그럼에도 불구하고 이 시는 빌라넬레의 음악성을 멋지게 구현한다. 총 19행의 구성도 그렇고, 두 개의 후렴, "그가 나에게 소중하다는 것을 알았더라면"과 "날 여기 외롭게 놔두지 않았을 텐데!"가 제 역할을 잘 해내고 있고 '-ear' 소리 음절이 모든 3행짜리 연들의 1행과 3행에 나온다.

소리만 듣기 좋은 것이 아니다. 가정법 동사 형태인 'Had he', 'would have'를 반복함으로써 실제로는 이루어지지 않은, 그러나 바라마지 않았던 사랑에 대한 아쉬움을 극대화한다. 그려주는 그림도 생생하다. "모이 안 준 새처럼"(11행)이나 "내 볼과 입술에서 붉은색을 쫓아냈을 뿐"(14행)은 강렬한 인상을 주는 표현들이다. 어휘의 선택도 파격적일 때가 있다. 마무리하는 마지막 연 1행을 "저멀리 지구 다른 반쪽 어디에서"라고 옮겼으나 말 그대로 하면 '멀리 또다른 반원에서'다. 운이 맞지 않고 의미가 전달되지 않기에 뜻을 살려서 번역한 원문은 'hemisphere'다. 사뭇 과학적이고 현대적인 느낌을 주는 다음절 단어를 집어넣어 거리감과 단절의 효과를 노렸다. 또한 '-sphere'는 일관된 각운 소리인 '-ear'를 만들어내는 역할도 하고 있다. 탁월한 시어 선택이다.

이 시의 지은이는 엘리자베스 애커스 앨런Elizabeth Akers Allen, 1832~1911으로 19세기 미국의 여성 시인이다. '애커스 앨런'은 그녀의 성이다. 결혼이 필수인 시대를 살았고 남편 성을 사용하는 것이 법이었기에 두번째 남편 '애커스'에 세번째 남편 '앨런'이 추가된 형태다. 처녀 때 성은 '체이스Chase'였고 첫 결혼은 '테일러Taylor' 씨와 했다가 이혼했다. 두번째 남편 '애커스'는 일찍 사망했다.

이 작가는 우리가 지금까지 만나본 다른 시인들과 함께 다룰 만한 동급 시인이 아니라고 생각할 사람들도 있을 법하다. 그러나 그녀는 여성에 대한 차별과 견제가 아직 견고하던 시대에 문인, 언론인, 공무원 등의 직업을 갖고 생활한 독립적인 여성이었다. 이탈리아에 장기 체류한 경력도 있다. 이탈리아어에 친숙한 그녀는 앞 장에서 만났던 타소나 잠시 후에 만날 페트라르카의 이탈리아어 시처럼 각운을 대범하게 사용한다. 형식은 고전 이탈리아어 시처럼 엄격하지만 내용은 미국인다운 솔직함이 특징이다. 구대륙과 신대륙의 조화라고 할 만하다.

이 시는 애커스 앨런의 마지막이자 아홉번째 시집 『석양의 노래와 그 밖의 시들The Sunset Song, and Other Verses』(1902)에 수록되었다. 그녀의 시집들은 인기가 있었다. 잘 읽히고 독자들의 정서에 어필하는 호소력 강한 작품들을 쓴 것이 성공의 비결이었다. 가장 인기 있었던 작품은 「나를 흔들어 재워주세요「Rock Me to Sleep」였다. 시간을 거꾸로 돌려 세상 풍파 다 잊고 다시 아기 때로 돌아가 엄마 품에서 편히 자고 싶다는 내용이다. 이 시는 로마에 있을 때인 1859년에 발표한 작품이지만 1861년에 발발한 미국 남북전쟁 때 인기가 급상승했다. 미국의 길지 않은 역사에서 지금껏 경험해본 적 없는 끔찍한 고난을 겪으며 많은 이가 이 시를 읽고 암송했다.

4

앞에서 나는 마치 내가 애커스 앨런과 직접 만난 것처럼 표현했으나 19세기 미국 여성 시인을 실물로 만난다는 것은 불가능하다. 우리 시대에는 미국은 물론 한국에도 많은 여성 시인이 있다. 그들은 빼어난 작품들을 발표하고 있다. 직접 만나본 한국의 여성 시인도 몇 명 있다. 그중 여러 해 동안 나와 같은 위원회에 있었던 한 분은 온화한 외모나 말투와 달리 시가 예리하고, 심지어 섬뜩하기까지 한 언어로 독자들에게 충격을 준다. 사랑을 다룰 때도 마찬가지다. 그분의 시는 외국어로도 번역되어 호평을 받고 있다고 한다. 애커스 앨런의 시는 아직은 감성이 순한 맛이어도 별 탈이 없던 시대의 목소리들을 전해준다. 지금 우리는 사랑을 다루어도 매운맛이 나지 않으면 시를 쓸 맛도 나지 않고 읽을 맛도 나지 않는 그런 시대를 살고 있다.

Elizabeth Akers Allen.

지나가는 여인에게

A Une Passante

길거리는 귀먹게 할 듯 내 주위에서 아우성치는데,
키 크고 날씬한 과부 정장 차림의, 장엄하게 비통한,
한 여인이 지나쳐갔다, 화려한 한 손으로
치맛자락 밑단 살짝 들어 부채꼴 주름 장식 모양 맞추며,

민첩하고 또 고매하게, 그녀의 다리는 조각상 같아,   5
난, 난 들이마셨다, 과잉 반응하는 사람처럼 긴장해서,
그녀의 눈에서, 폭풍우 움트는 검푸른 하늘을,
매혹적인 감미로움과 죽여주는 쾌락을.

한 차례 번개…… 그리고 밤! ─ 사라져버린 미녀,
너의 시선이 날 갑자기 다시 태어나게 했는데,   10
난 널 다시는 못 보는 건가, 영원 이전에는?

다른 데서, 여기서 너무 먼! 너무 늦은! 아마도 영영!
난 네가 어디로 사라진지 모르니, 너도 몰라 나 어디 가는지.
아 내가 사랑했을 법한 너, 아 그걸 알던 너!

샤를 보들레르

La rue assourdissante autour de moi hurlait.

Longue, mince, en grand deuil, douleur majestueuse,

Une femme passa, d'une main fastueuse

Soulevant, balançant le feston et l'ourlet;

Agile et noble, avec sa jambe de statue.   5

Moi, je buvais, crispé comme un extravagant,

Dans son oeil, ciel livide où germe l'ouragan,

La douceur qui fascine et le plaisir qui tue.

Un éclair... puis la nuit! — Fugitive beauté

Dont le regard m'a fait soudainement renaître,   10

Ne te verrai-je plus que dans l'éternité?

Ailleurs, bien loin d'ici! trop tard! jamais peut-être!

Car j'ignore où tu fuis, tu ne sais où je vais,

O toi que j'eusse aimée, ô toi qui le savais!

1

나는 초등학교 시절을 온갖 인종이 우글거리는 대도시 홍콩에서 보냈다. 빌딩 숲 사이에서 놀 데가 마땅치 않아 대도시를 배회했다. 어린 시절 습성은 이후에도 몸에 배어 그대로 남았다. 이따금 군중 속에 섞이지 않으면 생체 리듬이 잘 돌아가지 않았다. 서울을 떠나 살고 있는 지금은 그런 성향이 다소 약해졌지만 여전히 서울의 군중 속에 끼어들어 걷고 움직일 때면 다시 젊어지는 느낌을 받곤 한다. 이 시는 그런 도시의 군중 속에서 벌어진 상황을 이야기한다. 시인은 지나가는 한 행인에게 갑자기 시선이 끌린다. 호모 사피엔스가 고개를 숙인 채 휴대전화에 눈을 고정하고 다니는 쪽으로 진화한 이 괴상한 시대 이전까지는 흔히 겪을 수 있는 체험이다. 대부분의 사람은 잠시 시선이 끌렸더라도 분주히 갈 길을 간다. 그러나 시인은 시인이라, 그 자리에 멈추어 서서 시를 하나 건져낸다. 게다가 연애시를.

보행자와 사람을 태운 마차(이 시대는 아직 자동차가 등장하기 전이다)가 이리저리 빠르게 오가는 한낮 대도시의 중심 도로변, 귀가 멀 정도로 소음이 극심하다. 그 길을 걷던 시의 화자는 사람과 마차를 피하는 데 온 신경을 집중해야 할 처지건만 한순간 한 여인에게 시선을 빼앗긴다. 무엇 때문에? 미모가 빼어나서? 정작 얼굴에 대한 묘사는 (눈을 제외하면) 없다. 오히려 옷차림과 옷을 입은 분위기, 몸매, 옷의 세부 장식을 묘사하는 데 1연을 할애한다.

여기서 말하는 '과부 정장' 차림은 검은색 드레스와 검은색 모자 세트를 일컫는다. 남편의 죽음을 애도할 뿐 아니라 강렬한 검은색으로 자신의 자유로운 신분을 선포하는 옷차림이다. 드레스와 모자 등 여인의 옷차림을 응시하던 화자의 시선은 '화려한 손'에 머물다가 발목을 살짝 드러내는 부채꼴 주름 장식으로 내려간다. 발목만 잠깐 보였을 뿐이나 화자는 다리가 '조각'해놓은 듯 쭉 뻗어 있다고 한다. 그는 여인의 '키 크고 날씬한' 몸매를 감싼 드레스에 숨겨진 다리를 상상하며 흥분의 단계를 높인다. 그리고 마침내 그녀와 눈이 마주친다. 흥분은 한순간 '과잉 반응' 단계로까지 고양되며 비유도 그에 따라 급격히 과격해진다. '폭풍우 움트는 검푸른 하늘'을 그녀의 눈에서 그냥 본 것이 아니라 '들이마'신다. 들이마신 그것의 약효는 정신을 몽롱하게 한다. 마약 같은 쾌락은 '죽여주는' 맛이다.

이렇듯 한순간 최고조에 달한 흥분과 쾌락은 일시에 사라진다. "한 차례 번개…… 그리고 밤!" '미녀'(또는 '아름다움'으로도 번역할 수 있다)는 이미 벌써 시선에서 사라져버렸다. 너무 늦었다. 어디로 갔는지, 어디서 다시 만날지, 그녀가 누구인지, 진짜 과부인지 아니면 과부 복장만 한 것인지 그 무엇 하나 알 수 없다. 연애하고 사랑할 가능성은 이제 가정과 희망의 표현, "사랑했을 법한" 속에만 남아 있다. 다만 마지막 말은 상대방도 '사랑했을 법한' 가능성은 알고 있었다는 확신을 표명하지만 그것을 뒷받침할 근거는 전혀 제시하지 못한다.

익명의 군중 속에서의 우연한 마주침이지만 짧은 드라마가 전개되었다. 시의 화자는 도시의 드레스코드가 전달하는 독특한 메시지를 해독하다 순간 성적 흥분을 느낄 뻔한다. 그러나 이 모든 것은 단 한순간, 이내 사라져버린다. 도시를 배회하는 것이 업인 도시 시인만이 지을 수 있는 도시 문학의 명작이다.

―
2

원작은 매우 현대적인 체험을 극화하고 있으나 형식은 사뭇 고전적이다. 프랑스 시 운율의 기본 규범인 12음절과 중간휴지가 대부분의 행에 적용되며 각 행들의 끝소리가 각운을 만들어낸다. 감정이 고양된 12행으로 예시한다면 다음과 같다 (번호는 음절 순번, '/'는 중간휴지).

Ailleurs, bien loin d'ici! trop tard! jamais peut-être!
1   2   3   4 56 / 7   8   9   10   11   12

시행의 6음절과 7음절 사이에 중간휴지가 들어갔고 마지막 소리 'être'(이다, 존재하다)는 10행 마지막 단어 'renaître(다시 태어나다)'의 마지막 음절과 소리가 같다.

각운 단어들은 리듬을 만들어내는 데 만족하지 않고 의미를 강화하는 역할도 한다. 5행의 마지막 단어 'statue(석상, 조

각)'는 8행의 마지막 단어 'tue(죽이다)'와 각운을 맞춘다. 살짝
비친 다리에 매료된 시의 화자는 6행과 7행에서 여인과 시선이
마주친 후 8행에서는 죽을 듯한 황홀경에 이른 셈이다. 여인이
사라져버린 9행은 'beauté(아름다움, 미녀)'로 끝난다. 이 말은
11행의 'l'éternité(영원)'와 끝소리가 같다. 각운을 이루는 두
단어는 '아름다움'은 '영원'하지 않은 이 현실에서는 붙잡아둘
수 없는, 도망가고 사라지고 마는 이상임을 시사한다.

단어들의 모양이 만들어내는 효과도 주목할 만한 기교다.
1행의 'assourdissante'는 무려 4음절로 된 긴 단어로 '귀를 먹
게 하는'이라는 뜻 외에도 도시에 사는 삶의 갑갑함과 무료함
을 전달해주기에 적절하다. 반면 연인에게 시선이 고정된 2행
은 'Longue, mince, en grand deuil'로 행의 전반부를 구성
한다. 모두 단음절 단어로 일상의 무료함과 갑갑함에서 벗어
나는 해방감을 전달하는 리듬을 만들어낸다.

이 시의 동사들의 시제도 드라마를 엮어내는 데 한몫한다.
과거의 지속되는 행동을 표시하는 시제들(1행의 'hurlait아우성
치다', 6행의 'buvais마시다', 14행의 'savais알다')과 단일한 사건을
나타내는 시제(3행의 'passa지나가다'), 현재 시제(13행의 'ignore
모르다')와 미래 시제(11행의 'verrai-je다시 보다'), 접속법(가정과
희망, 14행의 'eusse할 법한')이 내러티브의 효과를 극대화한다.

이 시는 심지어 구두점으로도 메시지를 전달한다. 반전의
순간인 9행은 다양한 구두점을 동원해 문장의 시각적 효과를
극대화한다.

Un éclair... puis la nuit!—Fugitive beauté

말줄임표(……)와 느낌표(!) 그리고 줄표(―)가 한 행에 모두 나온다. 매우 이례적인 경우다. 이 구두점들의 점과 선은 흔적만 남긴 채 끊겨버린 한순간의 찰나적 사랑에 대한 아쉬움을 부각한다.

3

이 시는 19세기 프랑스 시인 샤를 보들레르Charles Bau-delaire, 1821~1867의 시집 『악의 꽃Les Fleurs du mal』(1857 초판, 1861 증보판) 중 '파리의 풍경Tableaux Parisiens' 섹션에 수록되어 있다. 파리에 살았고 파리를 노래한 보들레르는 자유로운 영혼 그 자체였다. 그는 모든 면에서 '플라뇌르flâneur(배회자, 빈둥거리는 자)'로 평생을 살았다. 채권자들을 피해 주소지를 자주 옮겼고 길거리를 어슬렁거리고 돌아다니며 시간을 보내는 날이 많았다. 이 시는 그런 빈둥거림의 산물이다. 그러나 도시 환경은 시를 쓰기에 그다지 유리하지 않았다. 보들레르가 1861년 『악의 꽃』에 실을 '파리의 풍경' 시들을 쓰던 시기에 파리는 한참 변신중이었다. 군주에게 전권을 부여받은 오스만 남작Baron Haussmann이 중세 파리부터 이어져온 좁은 골목들을 없애고 쭉쭉 뻗는 '불바르boulevard'를 조성하고 도로 변에 근사한 건물을 나란히 건설하는 도시 근대화 프로젝트를 강력히 추진하고 있었다. 이 시 1행의 '귀먹게 할 듯' 아우성치는 길은 이런 개발 공사 소음에 대한 언급이다. 공사가 아니더라도 아직 고무 타이어를 장착한 자동차가 없었던 시절이라 마차에 달린 나무 바퀴가 돌길과 마찰하며 내는 소음은 엄청났다. 이렇듯 만만치 않은 소음에 맞서 시인은 독특한 사랑 노래를 지어냈다.

4

파리를 빈둥거리며 어슬렁거리는 '플라뇌르' 보들레르는 도시를 배회하던 내 젊은 시절의 동반자였다. 대학 때 프랑스어를 배우기 시작하며 보들레르의 『악의 꽃』을 손에 들고 서울의 종로 거리를 돌아다니는 것이 어리석은 학부생에게는 뭔가 그 자체로 근사한 체험이었다. 물론 보들레르의 시를 제대로 이해하거나 해석할 역량은 당시에는 거의 없었다. 그의 시집은 군중 사이를 빈둥거리는 앳된 배회자에게는 일종의 과시용 장신구였을 뿐이다.

평화를 난 얻지 못해

Pace Non Trovo

평화를 난 얻지 못해, 또 전쟁도 벌이지 못해,
겁내면서 희망해, 또 불타면서 꽁꽁 얼어,
하늘 위를 날고, 또 땅에 쓰러져 있어
허공만 잡고 있지만 온 세상 두 팔로 끌어안아.

날 옥에 가둔 채, 열어주지도 잠그지도 않아,   5
자기편을 삼지도 않지만, 포승줄도 풀지 않고,
사랑의 신이, 죽이지도 않지만, 쇠고랑도 그대로,
내가 살기를, 수렁에서 꺼내주기를, 다 원치 않아.

난 눈이 없어도 보고, 혀가 잘려도 외치고,
사라져 죽기를 간절히 바라나, 도움을 간청해,   10
또 난 내 자신을 혐오하며, 남을 사랑해.

난 슬픔을 먹고살며, 울먹이며 웃고,
죽음이건 삶이건 둘 다 똑같이 신물 나니,
나 이 지경이네, 여인이여, 당신 때문에.

프란체스코
페트라르카

Pace non trovo, et non ò da far guerra;

e temo, et spero; et ardo, et son un ghiaccio;

et volo sopra 'l cielo, et giaccio in terra;

et nulla stringo, et tutto 'l mondo abbraccio.

Tal m'à in pregion, che non m'apre né serra,　　　　5

né per suo mi riten né scioglie il laccio;

et non m'ancide Amore, et non mi sferra;

né mi vuol vivo, né mi trae d'impaccio.

Veggio senza occhi, et non ò lingua et grido;

et bramo di perir, et cheggio aita;　　　　10

et ò in odio me stesso, et amo altrui.

Pascomi di dolor, piangendo rido

egualmente mi spiace morte et vita:

in questo stato son, donna, per voi.

1

아마 40대 초반이었던 것 같다. 난 이 시를 처음 접한 후 이탈리아어를 공부할 겸 혼자 읽고 해석하고 반쯤은 외웠다. '반쯤'을 강조한다. 학생 때도 암기력은 부족했다. 나이 먹고는 그 능력이 더 퇴화되었다. 또 아마 '반쯤' 이해했던 것 같다. "이게 무슨 시인가?" 이렇게 물으면 사랑의 열정에 시달리는 고통스러운 상태를 묘사한 연애시라고, 그때는 그 정도로 답했을 것이다.

그러나 그렇게 간단한 시가 아니다. 누구한테 하고 있는 말인지도 애매하다. 자기 자신에게? 그렇게 생각하며 읽다가 맨 마지막 행에 이르면 느닷없이 "여인이여, 당신 때문에"가 나온다. 여기서 또 의문이 생긴다. 과연 이 고통이 '당신' 때문인가?

1연은 원인 제공자를 밝히지 않았으니 내가 나를 그런 지경에 이르게 한 것으로 추론할 여지를 남긴다. 1연에서의 상태는 아직 심각하지 않다. 기분이 극과 극으로 왔다갔다하는 정도다. 그러나 2연의 표현들은 살벌하다. '옥', '포승줄', '쇠고랑', '수렁.' 뭔가 강력한 힘에 제압당한 처지다. 그 무력은 어디에서 비롯하나? '사랑의 신'을 탓하지만 이 '사랑의 신'이 귀신인지, 허상인지 그 정체가 불분명하다.

3연은 더욱더 극단적이다. "눈이 없어도 보고", "혀가 잘려도 외치고", 죽고 싶으면서도 살려달란다. 4연도 같은 분위기다. '슬픔'을 밥처럼 먹고, 울면서 동시에 웃는 '나'는 죽기도 싫고, 살기도 싫다. 그러나 죽기 싫음은 살고 싶은 쪽에 더 가깝다. 결국 살아 있고 살게 하는 '여인', '당신'에 대한 '욕망'이 문제다. 그 욕망의 역동성을 이 시의 반어적인 표현들은 깔끔하고 멋들어지게 극화한다.

2

'깔끔하고 멋들어지게?' 번역이 아니라 원문이 그렇다. 일단 형식부터 정갈하다. 원조 이탈리아 소네트의 고전적 균형미를 보여준다. 우리가 가장 먼저 만난 셰익스피어의 소네트는 이탈리아 소네트를 영국인들이 모방, 수입한 형태이지 순수한 본 형태는 아니다. 총 14행이 4행-4행-3행-3행으로 나뉘어 각 연마다 단계별로 (앞에서 추적했듯) 주제를 발전시킨다. 그리고 4행씩 묶은 두 연들은 한 행 건너 같은 각운을 만들고('-erra'와 '-accio'), 3행으로 된 연들은 각 연의 행 위치끼리 각운이 서로 맞춰져 있다('grido'-'rido', 'aita'-'vita', 'altrui'-'voi'). 각 행들은 네 개 또는 다섯 개의 강세로 박자를 맞춘다.

시의 소리들이 만들어내는 음악도 일품이지만 이 시가 그려내는 그림들이 강렬하다. 2연은 '포승줄', '쇠고랑' 등 몇 개의 간결한 표현으로 갑갑한 마음을 묘사한다. 3연 1행은 가히 충격적이다. "난 눈이 없어도 보고, 혀가 잘려도 외치고"로 옮긴 원문에서 'senza occhi(눈 없이)'와 'grido(외치고)'는 이탈리아

어로 읽으면 더 느낌이 생생하게 전달된다. 원문은 그냥 'non
ò lingua(혀 없이)'라고 했지만 말소리에 담긴 절박함을 살리려
'혀가 잘려도'로 의역했다. 이 행의 울림은 4연 1행의 'Pascomi
di dolor(난 슬픔을 먹고살며)'라는 탁월한 표현이 이어받는다.
'난 먹고살며'로 옮긴 단어는 원래 양이나 가축이 '풀을 뜯어
먹다'라는 뜻이다. 그 함의를 살리려 '먹고살며'로 옮겼다.

　　이렇듯 조화로운 형식에 담겨 있기에 이루지 못하는 사랑이
주는 고통은 나름의 위로와 해소를 얻어갈 수 있다. 그것이 바
로 위대한 시의 말소리와 말뜻이 빚어내는 치유다.

3

　　이 시를 지은 프란체스코 페트라르카Francesco Petrarca,
1304~1374는 '라우라Laura'라는 여인을 향한 욕구와 그리움을
창작의 재료이자 에너지로 삼았다. '라우라'는 실제 인물 '로르
드 노브Laure de Nove'를 이탈리아어식으로 표기한 이름이다.
프랑스어를 쓰는 도시 아비뇽으로 로마 교황청이 이주해 있던
시절 페트라르카는 부친을 따라 그곳에 살며 성장했다. 이 도
시에서 우연히 마주친 '로르' 또는 '라우라'는 이미 결혼한 귀
족 집안 부인이었다. 페트라르카가 그녀 때문에 가슴앓이를 하
건 말건 상대방은 페트라르카가 누군지도 몰랐고, 자신을 소
재로 이탈리아어 시를 쓰는지도 몰랐다. 그야말로 일방적인 짝

사랑이었지만 페트라르카가 뛰어난 작품들을 쓰는 데 이 귀부인도 간접적으로 기여했다.

페트라르카는 라우라를 그리워하는 시만 쓴 작가는 아니다. 그는 라틴어로 묵직한 주제들을 다룬 논설과 라틴어 서사시도 썼고 이탈리아 도시국가들의 외교사절로도 활약했다. 로마의 원로원은 그를 '계관시인'으로 임명했다. 프랑스인들이 득세하던 시절에 이탈리아와 로마의 전통을 되살리고자 했던 정치인과 지식인들이 그의 라틴어 시를 높이 평가한다는 표시였다. 그러나 페트라르카가 후대에 사랑받는 이유는 그의 라틴어 저술들이 아니라 이탈리아어 소네트들 덕분이다.

여기에 옮겨놓은 이 시도 수 세기에 걸쳐 (나를 포함한) 숱한 독자들을 사로잡았지만 그중 단연 돋보이는 독자는 작곡가 겸 피아니스트인 프란츠 리스트Franz Liszt, 1811~1886였다. 리스트는 스물두 살 때 파리에서 여섯 살 연상 귀족 부인 유부녀 마리 다구Marie d'Agoult를 만난다. 신들린 피아노 솜씨에 외모도 매혹적인 청년 음악가와 사랑에 빠진 이 여인은 1833년 남편과 파리를 버린 후 리스트와 함께 스위스와 이탈리아 도시들을 돌아다닌다. 그 시절에 리스트는 문학 작품에서 영감을 받은 피아노 소품들을 작곡했고 후에 《순례의 해Années de pèlerinage》 시리즈로 발표했다. 그중 두번째 모음은 두 연인이 1837년에서 1839년까지 머물렀던 이탈리아가 배경이다. 이 시리즈의 스타는 페트라르카다. 전체 일곱 곡 중에서 세 곡의 제목에 페트라르카가 포함되어 있다.

페트라르카에서 영감을 받은 세 곡 중에서도 가장 열정적인 것은 제5곡 〈페트라르카의 소네트 104번〉이다. 피아노 독주 버전도 있지만 처음 작곡 당시에는 성악 파트가 포함되어 있었다. 피아노와 테너가 서로 대화를 주고받는 드라마틱한 음악으로 이 시의 정서를 리스트 자신의 시각과 기분에 맞추어 표현했다(QR 코드 참조).

페트라르카의 소네트는 유부녀를 가슴 아프게 흠모하는 시들이다. 그런 면이 당시 다른 사람의 아내와 살던 리스트에게 유독 공감을 불러일으켰을 법하다. 물론 페트라르카와는 달리 리스트는 사랑하는 연인을 품에 안았지만 순전히 열정으로만 유지되던 관계였던 터라 늘 아슬아슬했다. 두 사람의 동거는 1844년에 끝났다.

4

페트라르카와 인연이 있는 도시는 아비뇽 등 여러 곳이 있지만 그의 출생지 아레초도 포함된다. 2018년 방문교수로 피렌체에서 체류하던 시절, 나는 기차를 타고 아레초에 갔다. 페트라르카 때문에 간 것은 아니었지만 내가 좋아하는 페트라르카의 생가를 안 들를 수 없었다. 생가 박물관에는 가치 있는 자료나 유물은 별로 없었다. 관람객도 나밖에 없었다. 페트라르카는 아레초에서 태어나기는 했으나 출생지에 대한 각별한 애정을 표명한 바는 없다. 그럼에도 불구하고 아레초는 페트라르카에 대한 소유권을 강력히 주장한다. 물론 페트라르카가 아니더라도 아레초는 주변 경치가 아름답고 작지만 볼만한 유적도 제법 많은 토스카나의 명물 소도시다.

프란츠 리스트, 〈페트라르카의 소네트 104번〉 QR 코드

그가 처음 나에게 키스했을 때
First Time He Kissed Me

그가 처음 나에게 키스했을 때, 키스한 곳은

그저 내가 글을 쓰는 이 손의 손가락들.

그때 이후 점점, 내 손은 더 깨끗하고 하얘졌어.

민첩히 "아, 잠깐", 그런 세상 인사는 느린 편,

천사들이 말할 때는. 어떤 자수정 반지를   5

낀다 해도 그보다 더 눈에 띄지는 않을 거야,

그 첫 키스에 비하면. 두번째는 처음보다 고도를

높여, 이마로 향했고, 또 반쯤 빗나가서

반은 머리카락에 닿았어. 아 넘치는 보상!

그것은 사랑의 향유, 사랑 자체의 왕관이,   10

성화하는 달콤함으로, 먼저 앞장선 것,

세번째는 내 입술에 맞춰 포개졌어

완벽한, 보라색 위상. 그때 이후, 정말,

난 당당해 또 늘 말해, "내 사랑, 내 사람."

First time he kissed me, he but only kissed

The fingers of this hand wherewith I write;

And ever since, it grew more clean and white.

Slow to world-greetings, quick with its "O, list,"

When the angels speak. A ring of amethyst   5

I could not wear here, plainer to my sight,

Than that first kiss. The second passed in height

The first, and sought the forehead, and half missed,

Half falling on the hair. O beyond meed!

That was the chrism of love, which love's own crown,   10

With sanctifying sweetness, did precede

The third upon my lips was folded down

In perfect, purple state; since when, indeed,

I have been proud and said, "My love, my own."

사랑은 말이 아니라 행동으로 말한다. 연애하는 남녀나 결혼 후 부부가 서로 적절한, 절제된 아름다운 행동으로 말하지 않는다면 그것은 사랑이 아니다. 그저 욕정이나 욕심일 뿐이다. 이것은 어디서 주워들은 근사한 말이 아니다. 내가 대학 학부생 때 만나서 사귀던 여인과 결혼해 37년(이 글을 쓰는 현재 기준)을 살며 깨달은 바다.

이 시에서 사랑을 전하고 확인하는 행동은 키스다. 남녀가 쉽게 만나 쉽게 몸을 섞는 시대에는 키스 한 번 하는 것이 대수롭지 않은 일로 여겨질 것이다. 그러나 이 시를 쓴 시대는 달랐다. 어쩌면 오늘날에도 첫 키스는 남녀가 서로 사랑을 말하는 매우 중요한 행동으로 대접받을 만하다. 사랑은 욕정과 달리 절제와 절도를 존중하기 때문이다.

첫 키스라고 했으나 정확히 말하면 입술까지 가기 전 두 번의 예비 단계가 있었다. 남자는 가장 먼저 손가락에 살짝 입술을 댔다. 그것만으로도 엄청난 변화가 뒤따른다. 내 손은 '더 깨끗하고 하얘'졌고, '천사들'이 말을 하는 듯 사람의 말을 초월하는 관계가 개시된다. 손가락에 키스한 행동은 한순간이었건만 '자수정 반지'를 낀 것보다도 더 찬란하게 손가락에서 그 흔적이 빛난다.

두번째 키스는 '고도'의 측면에서 진전이 있었으나 입술로 직행하지는 않았다. 원래는 이마가 목표였으나 '반쯤 빗나'가서 이마를 덮은 머리카락에도 키스의 반을 나누어주고 말았다. 그만큼 상대방이 소중하고 그녀에게 키스하는 것이 떨리는 행동이었음을 증언하기에 시인은 그것이 충분한, 아니 '넘치는 보상!'이라며 감격한다. "뭐가 그렇게 감격적이지?" 이렇게 묻는 독자에게 시인은 머리에 먼저 키스한 행동이 말해주는 바가 무엇인지 곧이어 설명한다. 머리에 한 키스는 거룩한 '향유'를 뿌려주는 종교의식이자 사랑의 '왕관'을 씌워준 것이기도 하다.

행동하는 사랑의 언어는 절제된 어구들을 거쳐 마침내 결론을 내린다. '달콤함'으로 '성화'하는, 의인화된 '사랑'이 '앞장선' 셈인 이마 키스에 이어 '내 입술에 맞춰 포개'진 키스로 '완벽한, 보랏빛 위상'의 대단원에 이른다.

2

이 시의 원문에서 첫번째와 두번째 키스를 말할 때는 단순과거를 사용한다(1행의 'kissed', 7행의 'passed'). 그러나 마지막 세번째 입술에 한 키스의 효과는 현재완료, 'have been'(14행)에 담아 표현한다. 현재완료는 독특한 역량을 자랑하는 영어의 동사 시제다. 현재완료는 과거의 한순간 벌어진 일이 그때부터(13행의 'since when') 계속 그 효력이 유지된다는 의미를 만들어낸다. 이런 지속성을 강조하기 위해 번역하며 원문에 없는 '늘'을 마지막 행에 집어넣었다.

변함없이 계속되는 '내 사랑'이라고 선포하는 마지막 시행에 도달하기 전까지 시의 움직임은 다소 머뭇거리는 모양새다. 시의 행 중간에서 문장이 끝나거나(5행, 7행, 9행), 문법적으로 완결되지 않는 문장들이 그런 느낌을 준다(4~5행). 문법적 규범을 살짝 비껴갈 때도 있다(11~12행). 두번째 키스가 세번째 키스로 이어지는 부분에서 12행은 더는 기다리지 않고 먼저 행동을 묘사하고, 그다음 행들에서 의미를 부여한다. 행동으로 말하는 사랑을 노래한 이 시도 이렇듯 동작으로, 구문의 형태를 통해 뜻을 전달한다.

이 시는 그 밖에도 여러 가지 고난도 기교를 선보인다. 일단 각운들이 정교하다. 1행을 끝내는 'kissed'에 여섯 행을 건너뛰어 8행의 'missed'가 화답한다. 그 사이 2행과 3행('write'-'white'), 4행과 5행('list'-'amethyst'), 6행과 7행('sight'-'height')은 바로 연달아 짝을 지어 각운을 만든다. 반면 9행부터는 한 행씩 건너뛰며 세 번씩 같은 끝소리를 만든다('meed'-'precede'-'indeed', 'crown'-'down'-'own'). 마지막 행의 'own'은 'down'과는 소리가 다르나 그 생김새가 같기에 쓰였다. 이따금 영시에서 사용되는 '눈 각운' 기법이다. 끝소리뿐 아니라 첫소리 자음이 만들어내는 두운도 이 시의 음악을 만드는 작업에 합류한다. 두번째 키스 단계에서 'sanctifying sweetness'(11행)의 's-'와 세번째 단계에서 'perfect, purple'(13행)의 'p-'의 울림은 이 시의 소리를 다채롭게 장식한다.

시인은 색채도 고려해 말을 선택하고 배치했다. 3행에서 더 '하얘'진 손가락 위에는 고운 보랏빛 자수정 반지(5행)를 끼워 놓은 상상을 한다. 보라색은 13행에서 'purple'과 조응한다. 보라색은 고대 로마에서 귀족들이 입던 겉옷의 색이었다. 함께 쓰인 명사 'state'는 사회적 지위를 함축하기에 '위상'으로 번역 했다. 연인의 키스로 한순간 고상한 지위에 올랐기에 14행에서 'proud'라는 말이 등장한다.

3

이 시는 여성의 입장에서 남성 연인의 키스를 노래하고 있다. 지은이는 영국의 여성 시인 엘리자베스 배럿 브라우닝 Elizabeth Barrett Browning, 1806~1861으로 그녀는 어릴 적부터 시 쓰는 재주가 뛰어나 일찍부터 여러 작품을 발표했다. 그녀의 시에 반한 독자 중에는 시인 로버트 브라우닝Robert Browning, 1812~1889도 있었다. 로버트는 엘리자베스에게 연애편지를 보냈다. 두 사람은 머지않아 사랑하는 사이가 되고 결혼하기로 한다. 하지만 그녀가 태어난 배럿 가문은 돈이 많기도 하거니와 돈을 좋아하는 집안이었다. 딸이 시를 쓰는 것까지는 좋았으나 또다른 시인이랑, 게다가 나이도 여섯 살이나 어린 남자와 결혼한다고 했을 때 찬성할 리 없었다. 엘리자베스가 부친의 반대를 무릅쓰고 로버트와 결혼하자 부친은 곧바로 연을 끊었다. 시인 부부는 영국을 떠나 이탈리아에서 살림을 차렸다. 그후 엘리자베스는 이탈리아에서 쭉 지내다 그곳에서 사망했다. 집안과 연을 끊은 엘리자베스는 그들에게 재정적 지원이나 유산 상속을 기대할 수 없었다. 그러나 엘리자베스와 로버트는 각자 시를 써서 그런대로 먹고살 수 있었다. 이들이 각자 펴낸 시집들은 예술적으로도 훌륭했지만 영국은 물론 미국에서 상업적으로도 성공했다.

이 시는 이런 인기 시집 중 하나였던 『포르투갈어에서 가져온 소네트들Sonnets from the Portuguese』(1850)에 수록되어 있다. 이 시집은 엘리자베스가 로버트와 연애하고 결혼을 결정하던 시기인 1845년에서 1846년에 쓴 시들을 엮은 것이다. 엘리자베스는 내용이 개인적이고 표현이 진솔해 처음에는 출판하기를 꺼렸으나 로버트는 이 소네트들의 진가를 알았다. 그의 격려와 강력한 권고 덕분에 출간할 수 있었다. 엘리자베스는 출판에 동의하면서도 여전히 부담스러웠다. 창작시가 아니라 번역시로 위장하기를 원했지만 로버트는 그냥 그대로 내자고 주장했다. 그 결과 제목에 다소 애매하게 '포르투갈어에서'(또는 '포르투갈인들에게서') '가져온'이라는 표현이 쓰였다. 왜 하필이면 '포르투갈'일까? 로버트가 엘리자베스를 부르는 애칭이 '내 귀여운 포르투갈 여인'이었다. 따라서 두 부부 사이에서 통하는 어법에 맞추어보면 이 시집 제목은 남편의 사랑을 받는 '내 귀여운 포르투갈 여인', 즉 엘리자베스가 쓴 소네트들이라는 뜻이 된다.

사랑을 노래한 시들 중 마지막인 이 작품에 대한 해설의 주제는 앞에서 이미 잠깐 언급했던 현재완료다. 사랑은 지금 현재의 체험으로, 그리고 다가올 것을 기대하는 미래로, 아니면 이루어지지 않았으나 원했던 가상의 과거로 다룰 수 있다. 그러나 사랑은 현재완료이기도 하다. 특히 오랜 세월 함께해온 부부의 사랑은 그렇다. 젊을 때 만나 내 경우처럼 다소 무모하게 일찍 결혼했다 해도, 또한 온갖 시련이 닥쳐도, 부부의 사랑은 여전히 이어진다. 결혼으로 맺어진 사랑의 놀라운 지속성은 현재완료 사랑이라고 할 수 있다. 과거의 한순간에 사건이 벌어졌지만 그 효력은 계속 지금 현재까지 이어진다. 현재완료의 든든하고 변함없는 사랑은 오랜 세월을 함께해온 중장년 부부에게만 주어지는 상급이다.

홀로 떠나고,

홀로 느끼고

잘 자기를
Gute Nacht

낯설게 난 이리로 왔었고,
낯설게 난 다시 여길 떠나네.
오월은 날 친절히 대했고
꽃다발들도 참 풍성했네.
따님은 말했네 사랑을   5
어머님은 심지어 혼인을, —
지금은 이 세상 울적해,
길은 눈으로 뒤덮여 있고.

내 여행 난 떠날 시간
내가 택할 수가 없네.   10
갈 방향 스스로 정해야 하네,
이 검은 어둠 속으로.
달빛이 만든 그림자
내 짐처럼 날 따라오네.
눈 내린 하얀 바다 위   15
난 짐승 발자국 탐색하네.

빌헬름 뮐러

Fremd bin ich eingezogen,

Fremd zieh' ich wieder aus.

Der Mai war mir gewogen

Mit manchem Blumenstrauß.

Das Mädchen sprach von Liebe,   5

Die Mutter gar von Eh', —

Nun ist die Welt so trübe,

Der Weg gehüllt in Schnee.

Ich kann zu meiner Reisen

Nicht wählen mit der Zeit: 10

Muß selbst den Weg mir weisen

In dieser Dunkelheit.

Es zieht ein Mondenschatten

Als mein Gefährte mit,

Und auf den weißen Matten   15

Such' ich des Wildes Tritt.

내가 무엇을 더 주저해야 하나,
누가 날 끌어낼 때까지?
개들은 미친듯 짖으라고 해,
자기들 주인님 집 앞에서,   20
사랑은 방랑을 사랑하는 법—
신이 그렇게 만든 터—
한 사람 떠나 다른 이에게로.
귀한 임아, 잘 자기를!

너의 꿈 난 방해하지 않아,   25
너의 평안 망칠 뜻 없어,
내 발소리 넌 들으면 안 돼—
빗장 닫을 땐 조용히, 조용히!
난 떠나면서도, 쓰고 있어
철문에다, '잘 자'라고.   30
그래서 네가 볼 수 있도록
내가 네 생각했었음을.

Was soll ich länger weilen,

Daß man mich trieb, hinaus?

Laß irre Hunde heulen

Vor ihres Herren Haus; 20

Die Liebe liebt das Wandern—

Gott hat sie so gemacht—

Von einem zu dem andern.

Fein Liebchen, gute Nacht!

Will dich im Traum nicht stören, 25

Wär schad' um deine Ruh',

Sollst meinen Tritt nicht hören—

Sacht, sacht die Türe zu!

Schreibe' im Vorübergehen

Ans Tor dir: Gute Nacht, 30

Damit du mögest sehen,

An dich hab' ich gedacht.

1

세상만사가 다 그렇듯 고독의 종류도 다양하다. 어떤 고독
은 안식을 주고, 어떤 고독은 불안하게 한다. 고독 중에서 아
마도 가장 힘든 고독은 좌절과 결합한 고독일 것이다. 어릴 적
부터 숱한 시험을 치르며 살아온 한국인들 상당수는 이런 고
독과 어느 정도 익숙할 것이다. 시험을 치를 때 우리는 모두
고독하다. 시험 결과가 좋으면 다행이지만 그렇지 못해도 고
독하게 감내해야 한다. 내 경우도 그러했다. 나는 한국인들에
게 가장 중요한 시험인 대학 입시 직전에 폐결핵에 걸려 고열
에 시달리며 시험을 치러야 했다. 결과는 뻔했다. 나는 그 병
과 함께 몇 년을 지내야 했다. 입시 낙방 후 초기 증상이 조금
호전되고 나서 나는 혼자 그해 겨울 서울의 길거리를 걷고 또
걸었다.

이 시의 화자는 '사랑'이라는 시험에 낙방했다. 봄철만 해도
모든 일이 잘 풀리는 듯했다. 다들 그를 친절히 대했고 '꽃다
발들도 참 풍성했'다. 화자가 원하는 젊은 여성과는 '사랑'을 속
삭였고 그 여성의 어머니 쪽에서는 '심지어 혼인' 관련 말도 나
왔다. 그러나 지금은 겨울, 모든 것이 달라졌다. 어떤 연유일
까? 그것은 알 수 없으나 분위기가 완전히 바뀌었다. '누가 날
끌어낼' 조짐도 감지된다. 사랑을 이루지 못한 좌절에 더해 그
런 수모까지 당할 수는 없다. 자존심만은 살리자.

그는 그곳을 떠난다. 홀로 외롭게 떠나는 그의 눈에는 모든

것이 낯설다. 그 누구도 그가 떠나는 길을 배웅하지 않는다. '개들'만 '미친듯' 짖어댄다. 작별인사도 제대로 하지 못했다. 작별인사는 침묵 속에 독백으로만 할 뿐이다. 그 독백이 이 시에 담겨 있다.

지금 계절은 겨울, 길은 눈으로 뒤덮여 있다. 어디로 갈까? 그 누구도 그가 갈 길을 정해주거나 충고해주지 않는다. 그와 동행하는 것은 그의 그림자뿐이다. 무슨 '신'이 그를 이끌어줄까? 어떤 신인지는 몰라도 그는 그저 '떠나'라고 사주할 뿐 그 이상의 책임은 지지 않는다.

그래도 한 가지 미련은 남아 있다. 사랑했던 여인이 행여나 그가 떠남을 눈치챌까봐 조용히 살그머니 떠나가지만 말없이 여인의 집 대문에 글자를 쓰고 간다. '잘 자기를' 바란다는 뜻을 전하고 그가 가는 순간까지 그녀를 생각했음을 알리고 싶은 마음이다.

그다음날 동이 트고 새날이 오면 그가 사랑했던 그녀가 그 글자를 읽을까? 읽는다 해도 그의 마음을 알까? 설령 그의 마음을 안다 해도 무슨 소용일까? 그는 어차피 겨울 눈길을 밟고 한참 어딘가로 가 있을 텐데. 시의 화자는 그다음날을 상상해볼 여유가 없다. 이 시의 시간은 아직 밤이다. 그리고 그의 밤은 외롭고 춥고 아프다.

이 시의 제목은 'Gute Nacht'다. 저녁이나 밤에 하는 독일어 작별인사다. 문자 그대로 '좋은 밤'이라고 하면 이 표현에 담긴 다정한 어감이 잘 전달되지 않기에 '잘 자기를(바란다)'로 옮겼다. 제목만 보면 친근한 사이에서 전하는 따뜻한 마음을 표현한 시라고 생각할 수 있다. 그러나 1연의 첫 두 행은 연달아 'fremd'로 시작한다. '낯선'으로 옮겼으나 함축된 의미가 상당히 풍부한 단어다. '남', '이방인', '외부인,' '생소함' 등을 일컫는 말이기에 제목과 'fremd' 사이에서 어감 충돌이 발생한다.

이어지는 연들은 '봄'의 '꽃다발'(3~4행)과 지금 현재의 길을 덮은 '눈'(8행)을 대조한다. 사랑과 결혼을 희망했으나 실패했음을 5행과 6행은 '따님'(Mädchen, '아가씨', '처녀')과 '어머니'가 한 말들로 요약해준다. 이어지는 연들도 이처럼 적은 수의 말로 상황을 구체화한다. 2연에서 달빛에 비친 그림자가 '내 짐처럼 날 따라'(14행)온다는 표현이나 '눈 내린 하얀 바닥'(15행)에서 '짐승 발자국'이나 '탐색'하며 걷는(16행) 모습은 생생한 시각적 효과를 만들어낸다. 3연의 개 짖는 소리(19행)나 마지막 연의 대문 빗장을 '조용히, 조용히!'(28행) 닫는 배려, '철문'에 '잘 자'라고 쓰는 모습(29~30행) 등도 일품이다.

이 시는 형식에서도 훌륭하다. 각 행들은 모두 세 개의 강세를 만든다. 이렇게 세 박자로 나아가는 리듬은 고독하고 불안정한 방랑자의 발걸음에 어울린다. 그리고 앞서 살펴보았던 괴테의 시와 마찬가지로 시행 마지막에 음절이 강세를 받는 소리와 강세 없는 소리를 서로 교차하게 하여 세 박자 진행의 호흡을 조절한다. 2연의 첫 네 행을 예로 들면 홀수 행 마지막에 배치된 'Reisen(여행)'(9행)과 'weisen(방향을 정하다)'(11행)은 강세 없는 '-en'이고, 짝수 행 마지막 음절들은 강세가 들어간 'Zeit(시간)'(10행)와 '-heit'(12행, 명사형 접미사)다.

각운을 만드는 단어들끼리 의미의 대조를 연출하기도 한다. 1연에서 5행의 'Liebe(사랑)'는 7행의 'trübe(울적하다, 암울하다)'와 소리를 맞춘다. 끝소리는 같으나 시어들이 함축한 어감이나 지목하는 상황은 정반대다. 마지막 연에서 29행을 끝내는 '-gehen(떠나감)'은 31행의 'sehen(보다)'과 '-en'으로 각운을 이룬다. 떠나가는 것은 시의 화자고 보는 주체는 그가 사랑하던 연인이다. 한 사람은 가고 다른 사람은 보는, 두 행위의 대조가 여운을 남긴다.

3

이 시의 지은이는 빌헬름 뮐러Wilhelm Müller, 1794~1827다. 그가 활동했던 19세기 초에는 독일어권에서 제법 많이 읽힌 시인이었으나 오늘날에는 프란츠 슈베르트Franz Schubert, 1797~1828가 그의 연작시들을 가사로 두 개의 연가곡집 《아름다운 물방앗간 아가씨Die schöne Müllerin》(1823)와 《겨울 나그네Winterreise》(1827)를 작곡한 덕에 그의 이름이 기억된다. 「겨울 여행」(원작의 제목)은 밀러의 1823년 시집에 수록된 시리즈고 우리가 읽은 시는 이 연작의 첫 작품이다. 이 시에 이어지는 작품들은 점점 더 우울해지고 처량해진다. 같은 독일어권이라 해도 밀러가 살고 활동한 작센 및 베를린 지역과 슈베르트가 태어나고 활동한 오스트리아 빈은 거리가 멀다. 두 사람은 직접 만난 적이 없다. 슈베르트는 친구한테 소개받은 밀러의 이 연작시를 읽고 즉각 영감을 받아 아름다운 음악으로 이 시들에 옷을 입혔다. 슈베르트가 《겨울 나그네》를 작곡한 해인 1827년에 밀러는 사망했다. 슈베르트는 《겨울 나그네》를 작곡하고 한 해 뒤인 1828년에 세상을 떠났다. 가곡집 《겨울 나그네》는 단명했던 시인과 단명했던 천재 작곡가가 세상을 떠나는 길목에서 남겨준 아름다운 합작품이다.

4

밀러의 시들에 곡을 붙인 슈베르트는 내가 입시 낙방의 좌절을 맛본 후 길거리를 배회하던 시절에 무척 좋아했다. 당시에는 이른바 고전음악 감상실이 서울 시내에 있었다. 음악을 바로 고를 수는 없었고 신청하고 기다리거나 이미 틀어놓은 곡들을 감상하는 곳이었으나 슈베르트를 만나면 더없이 반가웠다. 얼마 후 집에 오디오가 생기면서 음반을 사다 모았고 슈베르트의 《겨울 나그네》도 그중에 당연히 포함되어 있었다. 그 시절 모았던 LP 음반 컬렉션은 유학, 결혼, 귀국 후 이사를 여러 차례 다니는 바람에 다 사라져버렸다. 다행히 그때 내가 듣던 디트리히 피셔디스카우Dietrich Fischer-Dieskau 노래, 제럴드 무어Gerald Moore 반주 《겨울 나그네》가 유튜브에는 남아 있다(QR 코드 참조). 이 음반 첫 곡의 가사가 지금까지 살펴본 뮐러의 시다.

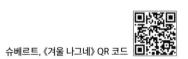

슈베르트, 《겨울 나그네》 QR 코드

바다로 떠나버린 이들의 노래

Le chant de ceux qui s'en vont sur mer

—브르통 곡조—

잘 있거라, 고향!
파도는 미쳐 날뛰네.
잘 있거라, 고향!
푸르름!

잘 있거라, 집, 과일 익은 넝쿨아.   5
잘 있거라, 낡은 벽에 걸린 금색 꽃들아.

잘 있거라, 고향!
하늘, 숲, 들판!
잘 있거라, 고향
푸르름!   10

빅토르 위고

—Air breton—

Adieu, patrie!
L'onde est en furie.
Adieu, patrie!
Azur!

Adieu, maison, treille au fruit mûr,   5
Adieu, les fleurs d'or du vieux mur!

Adieu, patrie!
Ciel, forêt, prairie!
Adieu, patrie,
Azur!   10

잘 있거라, 고향!
파도는 미쳐 날뛰네.
  잘 있거라, 고향,
   푸르름!

잘 있거라, 청순한 얼굴의 약혼녀야.   15
하늘은 시커메, 바람은 매서워.

  잘 있거라, 고향!
리즈, 안나, 마리!
  잘 있거라, 고향,
   푸르름!   20

Adieu, patrie!

L'onde est en furie.

Adieu, patrie,

Azur!

Adieu, fiancée au front pur,   15

Le ciel est noir, le vent est dur.

Adieu, patrie!

Lise, Anna, Marie!

Adieu, patrie,

Azur!   20

잘 있거라, 고향!
파도는 미쳐 날뛰네.
　잘 있거라, 고향,
　　푸르름!

우리의 눈엔 다가올 애통 가려져 있네,　　　　　　　　　25
흐린 물살 타고 가네 어두운 숙명 향해.

　잘 있거라, 고향!
널 위해 난 가슴속 기도해.
　잘 있거라, 고향,
　　푸르름!　　　　　　　　　　　　　　　　　　　30

—바다에서, 1852년 8월 1일

Adieu, patrie!

L'onde est en furie.

Adieu, patrie,

Azur!

Notre œil, que voile un deuil futur,   25

Va du flot sombre au sort obscur!

Adieu, patrie!

Pour toi mon cœur prie.

Adieu, patrie,

Azur!   30

—En mer, 1er août 1852.

1

나를 비롯한 많은 한국인은 바다를 좋아한다. 사람들은 삼면을 둘러싼 바다가 제공하는 다양한 수산물들을 즐기고 바닷가에서 휴식을 취한다. 그러나 이 시가 노래하는 바다는 도시인의 갑갑함을 해소해주는 묘약이 아니다. '파도는 미쳐 날뛰'고, 물살은 흐리고, 하늘은 시커멓고, 바람도 매섭다. 시인은 이 시를 이처럼 험상궂은 '바다에서' 썼다는 메모를 작품 끝에 남겼다. 파도가 거칠고 바람이 사나워도 지금 떠나고 있는, 떠나가야 하는 이의 심정을 그린 작품이다.

게다가 떠나기는 해야 하지만 언제 돌아올지 기약할 수 없다. 시의 첫마디가 '잘 있거라'다. '다시 보자'가 아니다. 더욱이 여정 자체가 쉽지 않을 것이다. 항해길에 어떤 위험이 도사리고 있는지도 모른다. 그러나 험한 바다를 보면 '다가올 애통'과 '어두운 숙명'으로 향해가고 있음을 감지할 수 있다. 아직 떠나는 이의 눈에는 '가려져' 있으나 미친듯 날뛰는 파도와 시커먼 하늘은 재난을 암시한다.

떠남은 이별이다. 모든 것을 두고 가야 한다. 정든 고향집의 '과일 익은 넝쿨', '낡은 벽에 걸린 금색 꽃들', 그리고 '청순한 얼굴의 약혼녀'와 '리즈, 안나, 마리' 등 고향 마을 아가씨들을 남겨두고 떠나야 한다. 떠나는 이의 찢어지는 가슴은 맑은 하늘의 잔잔한 파도보다는 차라리 흐린 하늘, 험한 파도와 더 잘 어울릴지도 모른다.

2

이 시에는 '브르통 곡조Air Breton'라는 부제가 달려 있다. 프랑스 북서부 해안에 있는 브르통 지방의 구성진 민요를 모방했다는 표시다. 짧은 시행들과 후렴들이 이런 격정적 노래의 느낌을 연출한다. 또한 음악의 원리인 반복과 변주가 이 시에 두루두루 적용된다. 시행들은 간결하나 각운의 울림은 강렬하다. 1연의 'pat-rie(고향, 고국)'(1행, 3행)는 사이에 'fu-rie(분노, 미쳐 날뜀)'(2행)를 품고 있다. 이 연은 두 차례 더 반복되며 사이에 들어가는 말이 'prai-rie(벌판)'(9행)와 'Ma-rie'(19행)로 변주된다. 그뿐 아니라 작곡가들이 대부분 그러하듯 시인은 음의 고조와 강약을 조절한다. 2연, 5연, 8연은 두 행씩 구성되어 있어 격앙된 외침들이 담긴 나머지 연들에 비해 단어가 더 많다. 이 연들은 두 행씩 각운을 만들 뿐 아니라 연끼리 서로 같은 각운을 이어간다. 2연의 'mûr(잘 익은)'-'mur(벽)', 5연의 'pur(순수한)'-'dur(매서운)', 8연의 'futur(미래)'-'obscur(불투명한)'는 모두 '-ur' 소리로 끝난다.

두 행으로 끊긴 연들에서는 프랑스 시의 기본 규범인 중간 휴지가 발생한다. 8연으로 예시하면 다음과 같다(번호는 음절 순번, '/'는 중간휴지).

Notre œil, que voile un deuil futur,
1   2   3   4 / 5   6   7 8

Va du flot sombre au sort obscur!

1　2　3　　4　/5　6　　7 8

　두 행은 나란히 같은 수의 음절(8음절)로 구성되어 있기에 안정감을 준다. 반면 아래 예시된 3연이 보여주듯 짧은 행으로 구성된 연들의 행들은 숨 돌릴 틈을 주지 않는다. 각 행은 길어도 5음절이 넘지 않고 마지막에는 2음절짜리 한 단어로 멈추어 선다.

　　Adieu, patrie!

　　1 2　　3 4

　Ciel, forêt, prairie!

　1　　2 3　　4 5

　　Adieu, patrie,

　　1 2　　3 4

　　　Azur!

　　　1 2

　시를 인쇄한 형태도 그 자체로 하나의 메시지를 전달한다. 두 단어나 심지어 한 단어 시행들과 다소 긴 시행들이 번갈아 배치된 형태는 떠나는 이의 불안함과 걱정을 잘 표현한다. 5연을 제외하고 매 연마다 등장하는 느낌표도 그런 정서에 밑줄을 쳐준다.

이 시가 노래하는 이별은 단지 개인적·사적 이별만은 아니다. '고향'으로 번역한 'patrie'는 '조국'으로도 옮길 수 있다. 각 연 끝에 나오는, '푸르름'으로 옮긴 'azur'도 상징적 의미를 내포하고 있다. 프랑스어로 쓴 이 시의 '조국' 프랑스를 나타내는 색, 정확히 말하면 프랑스 왕실을 상징하는 문장紋章의 배경색이다. 시의 마지막에 나오는 "널 위해 난 가슴속 기도해"(원문 그대로 옮기면 '내 심장이 기도해')에는 떠나는 조국 또는 고향에 대한 걱정과 안타까움이 배어 있다.

이 시를 지은 이는 빅토르 위고Victor Hugo, 1802~1885다. 프랑스 밖에서는 주로 뮤지컬 및 영화의 원작 소설 『레 미제라블Les Miserables』(1862)의 작가로 알려져 있지만 그는 소설 외에도 희곡과 많은 시를 발표한 다재다능한 작가였다. 40대에는 정치인으로도 활동했다. 공화주의자인 그는 1848년 프랑스에서 혁명이 발발하자 새로운 공화정에 적극 참여했다. 그러나 이 혁명이 변질되어 나폴레옹의 조카 루이 보나파르트Louis Bonaparte가 황제로 등극한 후 새로운 프랑스제국을 선포하자 위고는 그 꼴은 도저히 못 보겠다며 프랑스를 떠나 망명길에 올랐다.

처음에 위고는 바다를 건너갈 마음이 없었다. 루이 보나파르트의 쿠데타가 1851년 12월 2일에 성공하자 위고는 환멸과 분노로 치를 떨며 파리를 떠났다. 그는 그해 12월 12일 프랑스

북쪽에 있는 같은 프랑스어권 도시 브뤼셀에 도착했다. 그러나 그곳의 분위기도 위고에게 호의적이지 않자 1852년 8월 1일 브뤼셀을 떠나 영국령 저지섬으로 향했다. 이 시 맨 끝에 "바다에서, 1852년 8월 1일"이라고 쓴 것은 문자 그대로 사실은 아니지만 그날이 바다 건너 다른 나라 섬으로 가는 여정을 시작한 날이기에 그런 메모를 남겼다. 이 시는 조국/고향을 떠나는 브르통 청년의 외침을 극화했지만, 거기에는 프랑스를 떠나 망명길에 오른 정치인 위고의 쓸쓸함과 조국에 대한 안타까움과 걱정이 내포되어 있다.

4

내가 위고와 사귀게 된 과정은 몇 단계로 나뉜다. 먼저 젊은 시절 나는 많은 이와 마찬가지로 위고를 『레 미제라블』의 지은 이로만 알고 있었다. 그때는 그의 긴 소설을 읽을 겨를이 없었다. 그다음 단계는 뮤지컬 〈레 미제라블〉이었다. 미국 유학 후 귀국해 대학에 자리를 잡고 나서 런던을 방문하거나 그곳에서 체류할 때 런던 웨스트엔드 극장가의 고정 메뉴인 〈레 미제라블〉(런던 현지에서는 그냥 '레 미즈'라고 부른다) 뮤지컬을 두 번 보았다. 나는 50대에 들어서서야 드디어 『레 미제라블』을 소설로 읽을 시간을 마련할 수 있었다. 길기도 긴 이 소설에서 뮤지컬이 담아낼 수 없는 작가의 엄청난 기백과 시적 문장들에 빠져

들었다. 소설을 완독한 후에는 마침내 그의 서정시들의 바다
와 같은 넓은 세계를 탐험했다.

나 홀로

Alone

어린아이 시절부터 난 하지 않았다

남들 하는 것을—난 보지 않았다

남들 보는 그대로는—난 내 열정을

끌어올 수 없었다, 같이 쓰는 샘물에서는—

같은 원천에서 난 가져오지 않았다   5

내 슬픔을—난 내 가슴에 기쁨이

차오르게 할 수 없었다, 그런 똑같은 곡조로는—

내가 사랑하는 모든 것—**나** 홀로 사랑했다—

그때—내 어린 시절—극히 험난한

삶이 막 시작될 때—그때 난 끌어모았다   10

모든 선함과 해악의 깊은 심연에서

그 신비를, 나를 지금껏 묶어두는 그것을—

급한 물살에서, 또는 분수에서—

산악의 불그레한 암벽에서—

저 태양에서, 가을의 황금빛 색조   15

에드거 앨런 포

From childhood's hour I have not been

As others were—I have not seen

As others saw—I could not bring

My passions from a common spring—

From the same source I have not taken   5

My sorrow—I could not awaken

My heart to joy at the same tone—

And all I lov'd—*I* lov'd alone—

Then—in my childhood—in the dawn

Of a most stormy life—was drawn   10

From ev'ry depth of good and ill

The mystery which binds me still—

From the torrent, or the fountain—

From the red cliff of the mountain—

From the sun that 'round me roll'd   15

머금고 내 주위 맴도는 거기서—
하늘에서, 번개가 번쩍 치며
날 스쳐지나갈 때 거기서—
천둥에서, 그리고 폭풍에서—
또 구름에서, 그것의 형체가   20
(나머지 하늘이 모두 파랄 때)
내 눈에는 악마로 보일 때—

In its autumn tint of gold—

From the lightning in the sky

As it pass'd me flying by—

From the thunder, and the storm—

And the cloud that took the form   20

(When the rest of Heaven was blue)

Of a demon in my view—

　한국인들은 다른 사람의 외모에 대해 면전에서 품평하기를 주저하지 않는다. 오랜만에 만나면 상대방 얼굴이 여전하다느니, 하나도 안 늙었다느니 등의 말을 예의 삼아 해준다. 물론 실제 모습이 정말로 그럴 리는 전혀 없다. 나를 비롯한 모든 늙어가는 이들에게는 그런 인사말이 진실이 아님을 알면서도 듣기 싫지는 않다. 늙지 않을 도리가 없다면 기왕이면 자신의 개성이나 독특함을 유지하며 늙을 수는 있을 것이다. 외모도 그렇고 성격도 그렇다. 독특함은 나의 고유한 자산이다. 남들의 눈치와 남들의 압력에 굴복해 그것마저 포기한다면 늙음을 피할 수 없는 인간 존재는 한없이 처량해질 것이다.

　그러나 독특함 그 자체가 우리를 처량하게 하고, 심지어 아프게 할 수도 있다. 독특함이 열등감과 결합하면 그렇다. 남들이 다 가진 것을 나만 갖지 못했다거나 남들이 겪지 않는 나만의 고통을 겪고 있다고 생각하면 그럴 것이다. 더욱이 특별한 질병이나 장애를 안고 사는 이들은 독특함이 짐이자 멍에가 될 것이다.

　이 시의 화자는 어떤 쪽일까? 한편으로는 그가 남들과 다른 특별한 존재임을 자랑하는 것처럼 들린다. 시의 첫 부분은 그런 쪽에 가깝다는 생각을 갖게 한다. 그러나 시가 진행될수록 그런 특별함이 그에게 행복을 주는 것이 아님도 시인한다. '극히 험난한' 삶이 시작될 때부터 뭔가 이상했다고 한다. 시의 화자는 끝까지 자신의 독특함을 자랑하고 있기는 하지만 그의 독특함은 그를 우울하게 하고 남들로부터 늘 소외되어 있다는 고독에 잠기게 한다.

이 시에 쓰인 말들의 어감과 배치된 말들의 형태는 이런 이 중성을 교묘하게 유지한다. 그런 이중성이 결국에는 시의 화 자가 주장하는 나만의 특별함을 더 강화하는 효과를 준다. 남 들과 늘 다른 감정을 느꼈다는 말로 시작하는 시는 맑은 하늘 에 떠 있는 구름에서 악마의 형상을 보는 것으로 끝난다. "이 건 좀 심각한데?"라고 바로 반문하게 만드는 것이 시인의 의도 다. 그리고 그 정도는 되어야 남들이 나의 특별함과 독특함을 인정해줄 수 있을 것이라는 계산도 깔려 있다.

2

이 시는 형식 자체가 매우 독특하고 다른 시들과 다르다. 총 22행으로 이어지지만 전체가 단 하나의 문장이다. 행 중간이 나 행이 끝날 때 붙어 있는 줄표는 문장을 끝내는 마침표가 아 니다. 강렬한 시각적 효과를 주는 이 문장부호를 과감하게 무 려 17회나 사용한다. 마지막 행도 줄표로 끝나기에 이 시를 구 성하는 긴 문장은 마침표를 찍지 않고 도중에 끝난 셈이다. 시 가 끝나기는 했으나 계속 말이 이어질 여지를 남겨놓고 있다.

이 시는 얼핏 보면 독백처럼 들린다. 그런데 시의 형식이 각운을 갖추고 있고 질서 정연하다. 첫 두 행을 끝내는 'been'과 'seen'의 각운에서부터 마지막 두 행의 'blue'와 'view'의 각운까지 두 행씩 짝을 지어 각운을 만들어낸다. 박자도 사뭇 규칙적이다. 시의 의미가 두터워지기 시작하는 10행과 11행이 보여주듯 거의 모든 시행은 다음과 같이 네 개의 강세를 배치한다 (진한 대문자가 강세 음절).

Of a **MOST** / **STOR**-my / **LIFE**—/ was **DRAWN**

From **EV**-/ry **DEPTH** / of **GOOD** / and **ILL**

시행들의 문장이 마침표를 버리고 줄표로 계속 이어지는 것은 매우 독특한 형식이지만 각 시행들은 다른 영시들이 따르는 규범을 충실히 지키고 있다. 또한 앞의 10행의 경우처럼 줄표가 발음되지 않는 묶음 음절 단위 역할도 한다. 이렇듯 차분하고 정교한 형식에 실린 시인의 발언은 혼잣말이기보다는 남들에게 보여주고 들려주고 싶은 자기 자랑 또는 자기 고백으로 보는 편이 더 정확할 것이다.

먼저 마침표를 피하는 시행들은 두서없이 흐르는 혼자만의 생각을 내뱉는 것이 아니라 각운과 박자에 맞추어 차근차근 진행된다. 시인은 독자를 붙잡고 자기 이야기를 하고 싶어한다. 게다가 말을 마무리하지 않고 계속, 끊임없이 이어가고 싶어하는 간절함을 형식을 통해 드러낸다. 나의 독특함을 말하는 이 시의 제목은 'alone'이다. 제목의 단어가 사용된 8행은

"내가 사랑하는 모든 것—나 홀로 사랑했다—"라고 한다. 두번째, '나'는 원문에서 이탤릭체로 '오직 나 홀로' 사랑했음을 강조한다. 사랑은 원래 상호적이다. 사랑하는 대상과의 관계 맺음이 사랑이기에 홀로 외롭게 하는 사랑은 사랑이 아니다. 그럼에도 불구하고 이 시는 그것을 사랑이라고 말하고 싶어한다. 나는 남들과 다르지만, 또 늘 혼자며 외롭지만 나도 사랑하고 사랑받고 싶기에 시를 통해 독자와 소통하고 있다. 독자에게 호소하는 제스처는 9행을 시작하는 또다른 이탤릭체 'Then'에도 담겨 있다. 밑줄을 그으며 자기 자신의 독특함을 더 깊이 서술할 테니 잘 들어달라 부탁한다.

3

이 시의 지은이 에드거 앨런 포Edgar Allen Poe, 1809~1849는 미국이 남북전쟁을 치른 후 세계열강 대열에 합류하기 위해 발동을 걸기 전에 태어나서 활동했다. 그때는 아직 미국 문학이라는 정체성도 분명히 확립되지 않은 시기였다. 미국인들은 자국의 작가들 글에 열광하기보다는 영국 작가들의 글을 수입해 읽는 데 더 관심이 많았다. 포는 단편소설, 시, 평론, 에세이 등 여러 장르의 글을 다수 썼으나 대중적으로는 별로 성공하지 못한 외로운 작가였다. 사후에는 그의 위상이 높아지기는 했다. 그러나 포의 단편소설 중에서 으스스한 범죄와 탐정물이

후대까지 탐독되었고 그의 삶이 그다지 행복하지 못했던 탓에 포의 작중 인물과 포 자신을 중첩시키는 경향도 늘 있었다. 정작 포는 반사회적 인물이 아니었다. 다만 그의 독창성은 '나 홀로'의 외로움으로 해석할 여지는 분명히 있다. 그의 독특한 작품들은 미국보다도 19세기 후반에 프랑스에서 더 인기를 끌었다. 그는 시대를 일찍 만난, 또한 태어난 나라를 잘못 만난 작가였다. 자유와 평등을 함께 말하지만 사실 자유보다는 평등을 더 숭상하는 미국 민주주의 사회는 포 같은 독특한 천재를 받아들일 준비가 별로 되어 있지 않았다. 이 시가 간절히 또한 정중히 '나는 다르다'라고 호소하는 외침에 귀기울이는 이들이 그의 시대, 그의 사회에서는 많지 않았다.

$$\overline{4}$$

내가 포의 소설을 처음 읽은 것은 학부생 1학년 때였다. 그의 「검은 고양이The Black Cat」를 원문으로 읽고 내용은 쉽게 파악했으나 도대체 뭘 이야기하자는 것인지 이해하기는 쉽지 않았다. 「검은 고양이」와 유사한 다른 단편소설들을 더 읽어보아도 마찬가지였다. 1인칭 서술자들은 '내가 그런 끔찍한 일을 저질렀다고!' 하는 이야기를 생생하게 전달한다. 거기에 대한 반응은 늘 한 가지였다. '그래서?' 이 시의 화자는 「검은 고양이」의 화자보다는 훨씬 더 순한 편이기는 하다. 그러나 밝은 쪽보다는 어두운 쪽에 더 친근감을 느낀다는 점, 그리고 뭔가 나는 혼자고 나는 남들과 다르다는 주장에 집착하고 있다는 점에서 유사하다. 내가 태어나서 자라고 살고 있는 대한민국 사회는 포가 살던 19세기 전반 미국과 비교할 수 없을 정도로 순응을 강요해왔다. 남들 하는 대로 생각하고, 느끼고, 욕망하고, 분노하고, 기뻐하고, 좌절하라는 압력에 나는 어느 정도는 굴복했고, 어느 정도는 반항했다. 아마도 굴복과 반항이 배합된 비율이 나의 독특함을 만들어냈을 것이다.

브로드웨이에서
On Broadway

내 주위로 속편한 젊은 발들이
뻔쩍대는 길 따라 머뭇머뭇,
위쪽, 간판들 한 백 개 아우성치며
자신들의 밝은 엄청난 불빛 내리비춘다
신바람 난 군중에게 또 줄지어   5
움직이는 차량들 앞머리에다.
아 근사해라 브로드웨이—오직
내 가슴, 내 가슴만 쓸쓸할 뿐.

벌거벗은 욕망, 욕정에 고리 끼운 채
으쓱대며 활보한다, 뻔뻔한 유행따라,   10
연극극장, 카바레, 호텔에서 나오는
무지개 불빛 휘황찬란 빛나는 브로드웨이
밖은 온통 화려해, 안은 온통 즐거워,
꼭 무슨 꿈속처럼 내가 서서 응시하는
브로드웨이, 빛나는 브로드웨이—오직   15
내 가슴, 내 가슴만 쓸쓸할 뿐.

클로드 매케이

About me young careless feet

Linger along the garish street;

Above, a hundred shouting signs

Shed down their bright fantastic glow

Upon the merry crowd and lines   5

Of moving carriages below.

Oh wonderful is Broadway—only

My heart, my heart is lonely.

Desire naked, linked with Passion,

Goes trutting by in brazen fashion;   10

From playhouse, cabaret and inn

The rainbow lights of Broadway blaze

All gay without, all glad within;

As in a dream I stand and gaze

At Broadway, shining Broadway—only   15

My heart, my heart is lonely.

1

다들 신났는데, 나만 외롭구나. 다른 나라 도시들을 혼자 다녀본 사람이라면 한 번쯤은 이런 감정을 느꼈을 법하다. 아니 자기 나라, 자기가 살고 있는 친숙한 도시에서도 그런 소외감을 느낄 수 있다. 30대 초반에 런던에 처음 갔을 때가 떠오른다. 당시 내 주머니 사정은 넉넉지 않았다. 물가가 비싼 런던을 제대로 즐길 수 없어 구경만 하며 길거리를 걸었다. 내가 잘 아는 서울에서도 이런저런 이유로 이 시가 노래하듯 "내 가슴, 내 가슴만 쓸쓸할 뿐"이라고 느낀 적이 여러 차례 있었다. 누구나 이와 비슷한 기억이 있을 터다.

도시에서의 외로움은 한적한 시골에서의 외로움과 그 성격과 강도가 다르다. 앞서 만나본 밀러의 겨울 나그네는 눈 덮인 오솔길을 홀로 걷지만 그래도 달빛을 벗삼을 수 있었다. 위고의 시에서 험한 바다로 나갈 배에 탄 시의 화자는 이별이 외롭기는 하지만 같은 배를 타고 항해중 운명을 같이할 여행자들과 선원들이 있었다. 수많은 군중이 모여 쾌락을 좇는 도시 한복판, 거기에 동참하지 않는 또는 동참하지 못하는 시의 화자는 동료 인간들이 자기 곁에 그토록 많기에 더욱더 자신의 외로움을 절감한다.

도시 중의 도시 뉴욕에서도 가장 번화한 동네인 브로드웨이, 이 거리는 천연자연이 아닌 인공자연의 공간이다. 달빛 대신 '아우성치는' 간판들의 '엄청난 불빛', '연극극장, 카바레, 호

텔'에서 계속 '무지개 불빛'이 '휘황찬란 빛나는' 브로드웨이는
해가 져도 잠들지 않는다. 오히려 해가 지면 '욕망'과 '욕정'이
잠에서 깨어난다. 인공조명이 밝힌 공간에서 '속편한 젊은 발
들'과 '신바람 난 군중들'의 '벌거벗은 욕망'은 벌거벗음을 수치
로 여기지 않는다. 오히려 '으쓱대며 활보'하며 자랑한다. '밖
은 온통 화려'하고 '안은 온통 즐거'운 브로드웨이는 '화려'하고
'근사'하다. 어두운 밤의 달빛은 모든 인간과 모든 생명이 값없
이 즐길 수 있다. 브로드웨이의 인공 불빛의 화려함과 그것이
약속하는 즐거움은 대가를 요구한다. 가격표가 붙은 쾌락의
값을 지불할 능력이나 의사가 없는 이에게 이 모든 화려함과
근사함은 소외와 고독의 원인일 뿐이다.

　　이 시의 화자는 누구일까? 알 수 없다. 시의 화자인 '나'가
왜, 어쩌다가, 무슨 연유로 그 거리를 걷고 있는지 암시하는 내
용은 두 연 모두 제공하지 않는다. 그는 자신의 얼굴이나 정체
를 드러내지 않는다. 도시의 군중 중 (2장에서 만나본 보들레르
의 시처럼) 한 개인에게 시선을 주거나 그 개인에 대한 상상을
펼치지도 않는다. 앞에서 읽은 포의 시와 비교해도 과묵한 익
명의 화자는 독자와 관계 맺기를 주저하는 듯하다. 그도 포의
시 화자처럼 어릴 적부터 원래 그렇게 외로웠는지, 아니면 성
장한 후 무슨 일이 있었는지 모든 것이 수수께끼다. 그는 그저
자신의 쓸쓸함만을 선언할 뿐이다. 그의 '가슴속 사무친 외로
움'은 여러 겹의 겉옷 뒤에 숨겨져 있다.

혼잡하고 소란한 도시의 밤거리를 묘사한 이 시의 형식은 의외로 차분하고 정숙하다. 8행으로 이어지는 두 연이 서로 나란히 붙어 있고 1연의 마지막 말이 2연에서도 반복된다. 두 연은 모두 같은 형태를 취한다. 시행을 끝내는 소리들이 첫 두 행에서는 나란히 각운을 이루고(1행과 2행의 'feet'-'street', 9행과 10행의 'Passion'-'fashion'), 중간 부분에서는 한 행 걸러 운을 만든다. 1연 3행의 'signs'는 5행의 'lines', 4행의 'glow'는 6행의 'below'와, 2연 3행의 'inn'은 5행의 'within'과, 4행의 'blaze'는 6행의 'gaze'와 소리를 맞춘다. 각 연을 마무리하는 두 행은 다시 나란히 연달아 각운을 이룬다('only'-'lonely').

시행들의 박자도 대체로 영시의 기본 리듬인 '약-강' 패턴을 따르며 세 개 또는 네 개의 강세를 품고 있다. 1연의 3행과 4행으로 예시하면 다음과 같다(진한 대문자가 강세 음절).

A-BOVE, / a HUN/-dred SHOUT/-ing SIGNS
Shed DOWN / their BRIGHT / fan-TAS/-tic GLOW

이렇게 강세를 품은 박자로 이어지던 연은 줄표에서 잠시 머뭇거린다. 마지막 각운의 음절 '-ly'는 강세 없는 약한 음절이다. 앞선 시행들이 '-in'이나 '-aze' 등 강세를 받는 음절들로 끝나는 것과 대조된다. 의기소침하고 쓸쓸한 느낌을 전달하는 음악적 구도다. "간판들 한 백 개 아우성치며"(3행)나 "벌거벗은 욕망"이 "으쓱대며 활보한다"(9~10행) 등의 도시 유흥가의 야경을 묘사하던 강렬한 비유법도 이 대목에서는 정지한다. 마치 말이 막히고 가슴이 갑갑한 듯 "내 가슴, 내 가슴"이 각 연의 마지막 행에서 반복된다. 쓸쓸함이라는 장벽에 걸린 듯 시의 1연도 이렇게 끝났고 2연도 똑같이 같은 장벽에 걸려 같은 모습으로 끝난다.

―
3

이 시의 화자는 자신을 전혀 드러내지 않지만 시인이 어떤 사람이었는지 알게 되면 그가 왜 그토록 방어와 경계의 태도를 취했는지 이해할 수 있다. 그는 클로드 매케이Claude McKay, 1890~1948로 자메이카 출신의 미국 흑인 문인이자 좌파 정치운동 활동가였다. 이 시는 1922년에 발표한 『할렘 그림자들Harlem Shadows』이라는 시집에 수록되어 있다. 매케이는 '할렘 르네상스'로 불리는 미국 흑인 문학운동을 대표하는 인물 중 한 사람이다. 그는 흑인으로서 당연히 인종문제에 민감했다. 그러나 매케이는 단지 흑인에 대한 차별 폐지를 주장하는 데 머물지 않았다. 자메이카에서는 번듯한 중산층 집안에서 태어났으나 미국으로 이주해서는 육체노동도 했다. 사회주의에 동조했던 그는 이 시에서 드러나듯 자본주의의 문제점인 과시적 소비,

쾌락주의, 계층 양극화, 노동자와 가난한 인민의 소외 등에도 깊은 관심을 보였다. 이 시가 말하는 화자의 '쓸쓸함'과 소외감에는 현실을 변화시켜보려는 정서와 의지로 전환될 소지가 함축되어 있다. 시 속의 '나'는 자신의 정체를 숨긴 채 브로드웨이를 관찰하고, 파악하고, 비판하고, '나'와의 거리를 확인하고 있기 때문이다.

4

이 시인을 유독 좋아해 나에게 처음 소개해준 친구가 있었다. 내가 미국 뉴욕주 버펄로에서 유학할 당시 같은 학과에서 공부했던 피터 그리코Peter Grieco다. 피터의 조상들은 이탈리아 시칠리아 농민들로 19세기 말 미국으로 이주해왔다. 피터는 버펄로 토박이다. 20세기 초 버펄로가 한참 공장도시로 번성할 때 피터의 집안도 뉴욕시를 거쳐 그곳에 정착했다. 남부 이탈리아 출신들이 대개 그렇듯 형제들과 친척들이 서로 인근에 살며 왕래가 잦은 환경에서 자란 피터는 식구 많은 집에서 막내로 큰 나와 쉽게 친구가 되었다. 피터의 친척 어른 중에는 마피아 조직원도 한 사람 있다고 말해주었던 기억이 난다. 마피아지만 마음씨도 좋고 자기를 귀여워했다고 했다. 영문학 공부는 아마도 내가 더 열심히 했던 것 같고 학위도 내가 먼저 받았으나 피터에게 미국에 대해 직접 듣고 배운 바가 많았다. 피터는 본인도 시를 짓고 노래도 좋아해 자작곡도 몇 곡 만들어 부르곤 했다. 이탈리아계 미국 백인 노동계급 출신 피터는 흑인 좌파 시인 클로드 매케이를 깊이 존경하고 사랑했다.

슬픈 와인

Il vino triste

힘겨운 것은 앉아 있는 것, 눈에 안 띄게.
나머지는 모두 알아서 풀린다. 세 모금 홀짝
또 돌아온다, 혼자 사색하고 싶은 마음.
펼쳐지는 배경은 멀찍이 윙윙대는 소리,
모든 것이 흩어져 사라지고, 또 기적이 된다,   5
태어났다는 것 또 술잔 응시하는 것이. 할일이
(홀로 있는 사내는 할일을 생각 안 할 수 없다)
다시 오래된 숙명이 된다, 고통이 참 좋단다,
사색하게 해주는 데는. 그리고 두 눈을 맞춘다,
허공 중간에, 애통해하며, 마치 눈이 멀어버린 듯.   10

체사레 파베세

La fatica è sedersi senza farsi notare.

Tutto il resto poi viene da sé. Tre sorsate

e ritorna la voglia di pensarci da solo.

Si spalanca uno sfondo di lontani ronzii,

ogni cosa si sperde, e diventa un miracolo   5

esser nato e guardare il bicchiere. Il lavoro

(l'uomo solo non può non pensare al lavoro)

ridiventa l'antico destino che è bello soffrire

per poterci pensare. Poi gli occhi si fissano

a mezz'aria, dolenti, come fossero ciechi.   10

이 남자는 일어나 집으로 간 후 잠든다면,
눈먼 자가 길 잃은 신세 같을 듯. 누구건
불쑥 골목에서 나타나 그를 짓밟고 팰 수도.
불쑥 한 여인이 나타날 수도, 길바닥에 누워,
예쁘고 젊은데, 다른 사내에 깔려, 신음하며   15
한때는 한 여인이 자기랑 붙어 신음했듯.
하나 이 남자는 보지를 못해. 집에 자러 갈 뿐
또 산다는 것은 그저 윙윙거리는 침묵일 뿐.

Se quest'uomo si rialza e va a casa a dormire,
pare un cieco che ha perso la strada. Chiunque
può sbucare da un angolo e pestarlo di colpi.
Può sbucare una donna e distendersi in strada,
bella e giovane, sotto un altr'uomo, gemendo   15
come un tempo una donna gemeva con lui.
Ma quest'uomo non vede. Va a casa a dormire
e la vita non è che un ronzio di silenzio.

옷을 벗기면, 이 남자, 드러나는 것은 비쩍 마른 몸
또 마구 자란 털들, 여기 또 저기. 누가 주장할까   20
이 사내의 미적지근한 핏줄 속으로 한때는
타오르는 생명이 흘러 다녔다고? 그 누구도
믿기 어려울 듯, 한때는 한 여자가 저 몸을
더듬고 저 몸에 키스했음을, 덜덜 떨리는 저 몸에,
또 눈물로 흠뻑 적셨음을, 지금은 저 남자   25
집에 자러 와서도, 수면에는 실패, 신음만 하는데.

A spogliarlo, quest'uomo, si trovano membra sfinite

e del pelo brutale, qua e là. Chi direbbe   20

che in quest'uomo trascorrono tiepide vene

dove un tempo la vita bruciava? Nessuno

crederebbe che un tempo una donna abbia fatto carezze

su quel corpo e baciato quel corpo, che trema,

e bagnato di lacrime, adesso che l'uomo   25

giunto a casa a dormire, non riesce, ma geme.

한국인 중장년층 남성들은 대개 젊을 때 친구들과 시끌벅적 모여 먹고 마시는 일이 일상의 한 부분을 차지했을 것이다. 그러다 중년을 넘긴 후, 그리고 퇴직한 후에는 혼자 먹고, 혼자 마시는 때가 더 많아졌을 것이다. 요즘 젊은 세대들은 일찍부터 혼자 먹고, 혼자 노는 훈련을 한다. 중장년층은 그런 연습을 해본 적 없기에 혼자 식당에 앉아 있는 것조차 어색하게 느낄 수 있다. 나는 동료들과 늘 같이 있어야 하는 직업이 아니었기에 혼자 노는 데 익숙한 편이다. 그러나 나도 친구들과의 모임에 열심히 나갔던 시절이 있었고 나이들수록 혼자 있는 시간이 더 많아진다는 점에서는 내 또래들과 별반 크게 다르지 않다.

이 시의 화자는 정확한 나이는 몰라도 늙은이는 아니다. 1연을 시작하는 두 행에서 그는 자신감을 과시한다. 혼자 노는 것? 별 대수인가? '눈에 안 띄게' 처음 자리잡기가 힘들지, 그 다음부터는 모든 것이 '알아서 풀린다.' 그는 와인을 한 잔 주문한다. 세 모금 홀짝홀짝 마신다. 이내 '사색'의 시동이 걸린다. 다른 테이블 말소리는 '윙윙대는 소리'의 '배경'으로 변하더니 '모든 것이 흩어져 사라'진다. 이렇게 사색의 힘으로 현장을 변형시켜놓자 그 순간이 새삼 대단하다고 느껴진다. '태어났다는 것'과 '술잔을 응시하는 것,' 둘 다 사소하지만 '기적'이라 생각된다.

이 으쓱한 기분은 오래가지 않는다. '할일' 생각이 그의 즐거운 사색을 방해한다. 일 생각에서 벗어날 수 없는 것이 '오래된 숙명'이며, '고통'은 사색에 유익하다는 등의 논리를 펼치며 기분을 유지하려 한다. 하지만 결국 술잔을 응시하던 눈길을 다른 데로 돌린다. 술잔과 대화하는 재미가 시들해졌다. 딱히 바라볼 대상이 없다. 눈은 있으나 보는 것이 없으니 '눈이 멀어버린' 것이나 마찬가지다.

이렇게 시가 끝나도 나름 운치가 있을 것 같다. 그러나 혼술을 하는 시의 화자는 생각을 자기 자신에게서 다른 데로 돌릴 대상을 다행히도 찾아냈다. 늙고 외롭게 혼자 술을 마시다 주섬주섬 챙겨 일어서서 나가는 한 남자. 그의 고독하고, 늙고, 적막한 삶에 대한 상상과 생각으로 두 연을 더 추가한다.

저 영감, 돌아가는 길에 깡패한테 폭행을 당할지도 몰라. 혹시 길거리에서 섹스하는 젊은 커플을 본다면 무슨 생각을 할까? 저 볼품없이 늙은 몸도 한때는 섹스 파트너가 있었겠지? 저 늙은 사내, 벗겨놓으면 알몸이 얼마나 흉할까? 게다가 잠은 제대로 자기나 하겠어?

고독한 화자는 고독 속에 이름 모를 늙은 사내의 사생활을 상상해본다. 상상은 하지만 상대방에 대한 동정이나 호감은 별로 표현하지 않는다. 그러면 도대체 왜 그렇게 관심을 보이는 것일까? 그는 외로운 주당에게서 자신의 모습을 미리 예견하고 있는 듯하다. '나도 저렇게 되려나?' 차마 하지 못한 이 말이 이 시의 2연과 3연 행간에서 어른거린다.

2

이 시는 현대시다. 명쾌한 음악성이 자랑거리인 이탈리아어
가 시의 언어건만 각운이건 박자건 꾸며낼 뜻이 없다. 시어들
도 대체로 투박하다. 같은 말을 연달아 반복하거나(6행과 7행
끝에 나오는 'lavoro할일'), 특정 단어(4행과 18행의 'ronzio웡웡거
림'이나 15행과 16행, 26행의 'gemere신음하다')에 집착하기도 한
다. 이 시의 의도적인 덤덤함은 누구에게 하는 말이 아닌 혼자
만의 독백이라는 느낌을 자아내기에 적합하다.

그럼에도 불구하고 한 가지 고전적 기법만은 두드러지게 사
용된다. 한 행 중간에 문장을 끊고 다른 문장을 시작하는 '걸
치기'가 그것이다. 전체 26행 중 총 7회(2행, 6행, 9행, 12행, 17행,
20행, 22행) 시행 중간에 마침표가 있고 다음 문장이 시작된다.
이 기법을 통해 시인은 꼬리에 꼬리를 물고 이어지는, 외로운
침묵 속을 흐르는 사념의 흐름을 묘사한다.

3

이 시의 지은이 체사레 파베세Cesare Pavese, 1908~1950는 소
설가, 평론가, 번역가로 이름을 알렸다. 그가 쓴 시들은 산문
에 비해 적은 편이나 개성이 뚜렷한 명작들이다. 이 시를 썼던
1930년대에 그는 주로 미국 소설을 번역해 생활했다. 시에서

말하는 '할일'은 마감을 지켜야 할 장편소설 번역일 법하다. 토리노에서 주로 활동한 그는 무솔리니 파시스트 정권에 저항하는 동료들과 가까이 지냈다. 그런 저항의 징표로 이탈리아 공산당에 가입했고 파시즘에 반대한 혐의로 체포되기도 했다. 무솔리니와 히틀러가 죽고 제2차세계대전이 끝나자 드디어 자유와 평화가 회복되었다. 파베세도 이제 현대사회의 편리함과 짜릿함을 즐기며 인생을 편히 살 수도 있었겠지만 1950년 40대에 들어선 지 얼마 되지 않아 스스로 목숨을 끊었다. 그는 몇 번 연애를 했으나 평생 독신으로 살았다. 파베세 연구자들은 우울증과 연애 실패를 주요 자살 원인으로 제시한다. 파베세는 인간을 영혼 없는 육체로만 보는 유물론자였다. 육체의 늙음은 유물론자에게는 추해짐을 뜻할 뿐이다. 이 시가 보여주듯 그런 늙고 추함에 대한 두려움도 그의 자살 동기 중 하나였을 법하다.

4

파베세의 고향은 이탈리아 북부 피에몬테의 랑게 지방이다. 명품 와인 산지로 유명하다. 시에서 거론한 '잔에 담긴 와인도 종류를 밝히지는 않았으나 랑게 와인일 가능성이 크다. 이탈리아 와인 중에서 비싼 축에 속하는 피에몬테 와인은 그 지역에서는 비교적 저렴하게 마실 수 있다. 이탈리아를 다니며 각 지역의 와인을 마셔본 나의 경험에 비추어보면 레드와인 중에서도 랑게 지역산 와인은 유독 맛이 깊고 다채롭다. '체사레 파베세'는 그가 태어난 고장의 한 와이너리의 상품명이기도 하다. 피에몬테의 다른 와인들에 비해 호평을 받는 편은 아니지만 문인의 이름이 곧장 상품명이 된 드문 사례다.

일찍 세상을 떠난 파베세를 사랑하는 이들은 많다. 그중에는 '칸탕고Chantango'라는 이탈리아 탱고 퓨전 그룹도 있다. 이들은 파베세의 이 시를 노래로 만들었다. 그가 살다 죽은 도시인 이탈리아 북부 토리노의 다소 냉랭한 분위기와 뜨거운 열정의 춤 탱고가 잘 어울리지 않을지 모르지만 한번 감상해볼 만한 독특한 음악이다(QR 코드 참조).

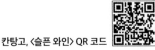

칸탕고, 〈슬픈 와인〉 QR 코드

나 홀로 떠다닐 때

I Wandered Lonely as a Cloud

나 홀로 떠다닐 때, 마치
구릉 언덕 위 높이 떠 있는 구름같이,
그때 한순간 난 웬 군중을 보았네,
숱하게 많은, 금빛 수선화들을.
호수 곁에서, 나무들 밑으로   5
바람에 너풀너풀 춤추고 있는 것을.

끊임없이 이어짐이 마치 반짝반짝
별들 빛나며 은하수 이어가는 듯,
개들은 절대 끝나지 않는 한 줄로
둥근 호숫가 따라 펼쳐져 있었네,   10
만 송이쯤 될까 한눈에 보기에도,
톡톡 고갯짓하며 경쾌하게 춤추며.

윌리엄 워즈워스

I wandered lonely as a cloud
That floats on high o'er vales and hills,
When all at once I saw a crowd,
A host, of golden daffodils;
Beside the lake, beneath the trees,   5
Fluttering and dancing in the breeze.

Continuous as the stars that shine
And twinkle on the milky way,
They stretched in never-ending line
Along the margin of a bay: 10
Ten thousand saw I at a glance,
Tossing their heads in sprightly dance.

물결도 개들 곁에서 춤췄는데, 하지만 개들은
신나기로 치면, 반짝대는 물결보다 한 수 위,
시인이라면 어찌 즐겁지 않을 수 있으리,   15
이렇듯 명랑한 모임에 합류하니,
난 바라보고 또 바라보았으나, 깨닫지 못했네
그 공연이 나에게 큰 부富를 가져다주었음을.

왜냐하면 자주, 내가 소파에 기대앉아
멍하니 또는 상념에 잠겨 있을 때,   20
개들이 번뜻 보였기에, 내면의 눈에
고독이 지극한 기쁨이게 하는 그것에.
그러면 내 가슴은 쾌감으로 채워지고,
그러면 수선화들과 함께 춤을 춘다네.

The waves beside them danced; but they

Out-did the sparkling waves in glee:

A poet could not but be gay,   15

In such a jocund company:

I gazed—and gazed—but little thought

What wealth the show to me had brought:

For oft, when on my couch I lie

In vacant or in pensive mood,   20

They flash upon that inward eye

Which is the bliss of solitude;

And then my heart with pleasure fills,

And dances with the daffodils.

1

국토의 70퍼센트가 산악지대로 이루어져 있어서인지 한국인들은 산을 좋아한다. 무리를 지어 함께 산행하기도 하지만 진정으로 산을 좋아하는 이들은 혼자 산에 오른다. 한때 산을 제법 다닌 편인 나도 후자를 선호한다. 혼자 산행하면 앞서거나 뒤처진 일행을 신경쓸 필요가 없다. 그리고 무엇보다도 동료 인간이 아닌 산 자체를 벗삼을 수 있다. 힘들게 오르막을 오른 후 능선을 걸으면 땀이 차츰 식으면서 머리도 함께 맑아진다. 마침내 정상에 오르면 기막힌 경치가 흘린 땀을 보상한다. 정상에서만 볼 수 있는 그 풍경화는 기억 속에 담아온다. 울적하거나 갑갑할 때 그 경치를 떠올리면 그때의 시원한 느낌이 잠시나마 되살아난다.

이 시의 배경인 섬나라 영국은 평평한 땅이 많다. 서쪽에 있는 산악지대들도 한국처럼 아기자기한 산이 없다. 산이 제법 높은 지역도 경사가 완만한 편이다. 따라서 산행이 다소 따분할 수 있으나 트레킹을 하기에는 좋다. 물론 날씨가 변덕스러운 섬나라라 산봉우리가 비구름에 가려져 있기 일쑤고 산행을 하며 수시로 비를 맞을 각오를 해야 한다.

시의 화자는 홀로 영국의 구릉진 산등성이를 걷고 있다. 그렇게 한참 발걸음을 옮긴 후에 파란 호수를 만난다. 호수 그 자체도 큰 보상이 될 텐데, 갑자기 거대하게 펼쳐진 노란 수선화 군락을 만난다. 이 수선화들이 호숫가를 따라 끝없이 펼쳐져 있는 모습이 밤하늘의 은하수를 연상하게 한다. 그뿐 아니라 바람에 날리는 모습이 꼭 춤을 추고 있는 듯하다.

혼자 산길을 걷는 느낌에는 여러 가지 요소가 섞여 있겠으나 춤출 듯 즐겁고 신나는 느낌은 포함되어 있지 않을 것이다. 그러나 시의 화자는 이내 수선화들의 춤판, '톡톡 고갯짓하며 경쾌하게' 추는 춤에 자신도 동참한다. 이들의 '명랑한 모임에 합류'한 그는 다른 것은 몰라도 자신이 '시인'이라는 자의식이나 자부심은 있다. '시인'임을 자부하는 이라면 당연히 이 꽃들의 춤판에 당당히 낄 자격이 있다.

그렇게 꽃들과 교감한 혜택은 나중에도 톡톡히 누린다. 그때는 몰랐으나 기억 속에 생생하게 포착된 수선화들의 댄스파티는 홀로 집에 있을 때 '내면의 눈에' 한순간 '번뜻 보였'고, 그때마다 그의 가슴은 '쾌감으로 채워지고' 기분이 고양되어 '수선화들과 함께' 다시 그의 내면이 춤을 춘다. 홀로 떠돌아다니다 만나서 갖고 온 이 추억의 '부'를 '내면의 눈'으로 생생하게 볼 수 있는 것이야말로 '고독'의 특권이자 '기쁨'이다.

2

이 시에 등장하는 인간은 단 한 사람, 시의 화자뿐이다. 시에 등장하는 주요 대상은 수선화들이다. 인간이 아니나 외로운 방랑자의 벗이 되어주기에 이 시는 그들을 사람처럼 대접한다. 1연 3행의 '군중'이라는 말로 일찍이 그들의 지위를 식물 그 이상의 자리에 올려놓는다. 그에 맞추어 번역할 때 줄곧 'they'(9행, 13행, 21행)를 '걔들'로 옮겼다. 3연에서는 수선화들의 군락을 'company'(16행)로 격상했다. '모임'으로 옮긴 말은 이 꽃들의 군락을 'crowd'에서 한 단계 더 높인다. 이 단어는 규정과 조직을 갖춘 회합들이나 조직체에 쓸 수 있는 표현인 까닭이다.

의인화된 꽃들은 다리 달린 사람들처럼 춤을 춘다. 호수의 물살도 꽃들의 영향을 받아 사람처럼 춤을 추지만 'glee'(14행)의 정도로 치면 한 수 아래다. '신나기로'라고 옮긴 이 말은 즐겁고 활달한 춤을 묘사하는 말도 되지만 여럿이 함께 부르는 노래를 뜻할 때도 있다. 땅에 묶여 사는 식물에게 이렇듯 움직이려는 의지와 그럴 능력, 성격과 성향, 예술적 표현력까지 부여한 이 시는 비유의 힘을 극대화하고 있다.

이 시는 비유가 중요하지만 그것만이 전부는 아니다. 의인화된 꽃들의 춤 이야기를 하는 시가 음악성에 둔감할 리 없다. 시는 한 행씩 건너 각운을 만들어내고 박자는 '약-강'을 기본으로 삼는다. 그러다가 꽃들의 춤을 묘사하는 순간에는 일시적으로 '강-약'으로 전환한다. 마치 춤출 때 급작스러운 동작 전환과 유사하다. 2연으로 이것을 예시하면 다음과 같다.(진한 대문자가 강세 음절)

Con-**TIN**/-uous **AS** / the **STARS** / that **SHINE**

And TWIN/-kle ON / the MILK-/y WAY,

They STRETCHED / in NE-/ver-END/-ing LINE

A-LONG / the MAR-/gin OF / a BAY:

Ten THOUS/-and SAW / I AT / a GLANCE,

TOSS-ing / their HEADS / in SPRIGHT-/ly DANCE.

'약-강'으로 리듬을 이어가던 이 연은 마지막 행 첫 자리에 강세가 앞에 오는 'tossing(고개를 위로 톡톡 올리다)'을 배치하여 'sprigthly dance(활기찬 춤)'의 느낌을 박자로도 전달한다.

3

이 시는 '나 홀로' 구름처럼 떠돌아다녔다고 읊고 있다. 지은이는 영국 낭만주의를 대표하는 윌리엄 워즈워스William Wordsworth, 1770~1850로 그를 여러 세대 동안 숱한 학자가 연구해온 터라 이 시를 쓴 연도, 수선화를 만난 장소, 당시 정황 등이 구체적으로 규명되어 있다. 1804년 그의 고향이자 그가 장년기 이후 사망할 때까지 거주한 영국 북서부 산악지대 '레이크 디스트릭트'가 시의 배경이다. 꽃들이 피어 있던 호수는 얼스워터다. 당시 그는 사실 '나 홀로'가 아니라 1년 연하 여동생 도러시와 같이 트레킹을 하고 있었다.

워즈워스는 젊을 때 대륙으로 건너가 도보여행을 했고 당시에 일어난 프랑스대혁명에 매료되어 프랑스에 장기간 체류하기도 했다. 게다가 프랑스 아가씨와 결혼도 안 한 채 동거할 정도로 그는 '진보'와 '변혁'을 몸소 실천했다. 그러나 혁명이 과격화되고 나폴레옹의 1인 독재체제로 변질되자 진보정치에 환멸을 느끼고 동거녀는 그대로 남겨둔 채 프랑스를 떠나 고향 레이크 디스트릭트로 돌아왔다. 그곳에서 자연을 벗삼아 살며 '자연 사랑'이 '인간 사랑'과 다르지 않음을 시를 통해 강조했다. 젊은 시절과 이후의 삶이 선명하게 구분되는 워즈워스를 두고 일부 독자는 그가 이상을 버리고 현실에 안주했다고 비난했다. 하지만 대다수 독자는 자연과 도덕의 시인 워즈워스를 사랑하고 추앙했다. 그는 자연 속에서 산 덕분인지 여든 살까지 살았다. 당시 기준으로는 엄청난 장수다. 그는 노년기인 70대에 영국의 계관시인으로 추대되는 명예도 누렸다.

4

내가 워즈워스의 고향인 레이크 디스트릭트에 처음 가본 것은 영국 케임브리지대학에서 첫 안식년을 보내던 2002년이었다. 당시 조국 대한민국은 한일월드컵으로 도시마다 떠들썩하던 시기에 나는 어린 두 딸과 아내를 태우고, 차에 아이들 먹일 양식을 잔뜩 실은 채, 영국 북쪽과 스코틀랜드를 여행했다. 워즈워스가 살던 동네에 갔을 때 날씨는 비교적 좋았으나 수선화는 보지 못했다. 대신 가는 데마다 양들이 우리를 구경했다. 양들이 풀을 뜯어먹다 고개를 들고 '저 친구들 뭐지?' 하는 표정으로 어린 딸들을 바라보면 아이들이 양들에게 친절하게 말을 걸던 모습은 수십 년이 지난 지금도 '내면의 눈'에서는 어제처럼 생생하다.

변혁의 염원,

고귀한 희생

최근 피에몬테에서 벌어진 학살에 대해
On the Late Massacre in Peidmont

갚으소서, 주여, 살육당한 당신 성도들의 원수를, 그들의
뼈가 알프스 산자락에 흩어져 차갑게 누워 있습니다.
그들은 당신의 진리 순전한 본모습대로 보존했으니.
우리 조상들 모조리 나무 기둥과 돌덩이 숭배할 때.
잊지 마소서, 당신 책에 기록하소서 그들의 신음을,   5
그들은 당신의 양떼며, 또 늘 살던 우리에서
도륙되었으니, 피에 취한 피에몬테 놈들에게,
엄마 아기 함께 바위 아래로 내던져졌습니다. 그 비명소리
계곡에 울리니 두 배 크게 산 위로, 또 거기서
하늘까지 닿습니다. 순교를 당한 그들의 피와 유골을   10
이탈리아 땅 두루두루 뿌려 심으소서, 그 땅은 아직
세 겹 폭군이 쥐고 흔드니, 그래서 거기로부터
백배 자라게 하소서, 당신께 갈 길 깨닫고
일찍이 바벨론의 비참함을 피해서 떠나도록.

존 밀턴

Avenge, O Lord, thy slaughter'd saints, whose bones

Lie scatter'd on the Alpine mountains cold,

Ev'n them who kept thy truth so pure of old,

When all our fathers worshipp'd stocks and stones;

Forget not: in thy book record their groans   5

Who were thy sheep and in their ancient fold

Slain by the bloody Piemontese that roll'd

Mother with infant down the rocks. Their moans

The vales redoubl'd to the hills, and they

To Heav'n. Their martyr'd blood and ashes sow   10

O'er all th' Italian fields where still doth sway

The triple tyrant; that from these may grow

A hundred-fold, who having learnt thy way

Early may fly the Babylonian woe.

1

'학살', 이 시의 제목에 등장하는 이 말은 나를 비롯한 많은 한국인의 기억 속에 특정 사건을 소환한다. 내가 대학에 들어간 해인 1980년, 학기 초부터 캠퍼스가 어수선하더니 5월부터는 아예 학교를 폐쇄했다. 학교 근처에도 얼씬거리지 못하게 막았다. 그해 그달 18일부터 며칠간 전라남도 광주에서 무슨 일이 벌어졌는지는 처음에는 소문으로만 전해졌다. 곧이어 공식 언론에서는 '광주사태'라는 말을 쓰기 시작했다. 대학가와 야권은 이내 다른 이름을 붙였다. '광주학살'.

이 시가 나온 시대는 17세기로 오늘날과 같은 언론은 없었으나 소문이 퍼지는 속도는 제법 빨랐다. 정기간행 신문은 아니었지만 소책자에 선정적 삽화를 넣어 뉴스거리가 될 만한 사건들을 보도해주는 출판업자도 많았다. 그 소식에 따르면 다음과 같은 끔찍한 일이 벌어졌다. 1655년 4월 24일 이탈리아 피에몬테의 북쪽 알프스 지역에 있던 발도파_{Waldensian} 공동체 양민들을 이 지역의 통치자가 군대를 보내 무참히 살해했다. 가톨릭 정통 교리와는 어긋나지만 평화롭게 자신들의 신앙에 따라 조용히 산속에서 살던 발도파 가정에 병정들이 들이닥쳤다. 이들을 보호한다는 명목으로 접근한 병사들은 순식간에 살인마로 돌변했다.

피에몬테에서의 학살 소식은 가톨릭에 반대하는 개신교 지역에 급속히 퍼져나갔다. 그 소식을 접한 이 시의 시인은 '주님'이 '복수'해주기를 간구하는 시를 썼다. 시의 화자는 먼저 이들을 '당신의 살육당한 성도들'로 규정한다. '우리 조상들', 즉 중세에 가톨릭교회가 변질되어 '나무 기둥과 돌덩이'한테 비는 우상숭배와 다름없어졌을 때 이들은 '당신의 진리'를 '순전한 본모습대로' 보존한 '당신의 양떼'다. 시의 화자는 희생자들에게 이렇듯 거룩한 '순교자'의 지위를 부여함과 동시에 학살의 모습을 생생하게 전한다. 엄마와 아기를 '함께 바위에서 내던져' 죽이자 밑으로 떨어지며 지르는 '비명소리'가 계곡에 메아리친다. 그 소리가 '두 배'로 증폭되어 산 위로 전달되고, 다시 산들은 그 소리를 하늘의 '주님' 앞으로 전송한다. 참으로 드라마틱한 이미지다.

그렇다면 이 시는 '주님'이 당장 복수의 불을 하늘에서 쏟아부어 이 악당들을 징벌하기를 요청하는가. 그렇지 않다. 이들의 '피와 유골'이 씨앗이 되어 이탈리아 전체가 '세 겹 폭군'(즉 당시에 3층 금관을 쓰던 교황)의 악한 통치('바벨론')에서 벗어나 올바른 길, 즉 개신교로 개종하는 것을 기원한다. 그렇게 세상이 혁명적으로 뒤바뀐다면 이들의 '순교'가 헛되지 않은 죽음이 될 것이라는 변혁에 대한 희망으로 시를 끝맺는다.

2

이 시는 14행 소네트 형식을 취한다. 이 소네트는 앞 장에서 만났던 셰익스피어나 페트라르카의 소네트와는 사뭇 다른 정치적·시사적 내용을 담고 있기는 하지만 소네트답게 정교한 각운을 만들어내고 있다. 1행의 마지막 단어 'bones'의 끝소리는 4행의 'stones', 8행의 'moans'로 두 차례 울려퍼진다. 그럼으로써 산악지대에서 벌어진 사건을 고발하는 외침이 봉우리에서 봉우리로 메아리치는 효과를 연출한다. 다른 한편, 2행 끝의 'cold'는 3행, 6행, 7행의 끝 단어의 소리로 이어진다. 이 각운은 사안의 급박함과 처절함을 반복해서 강조한다. 마지막 6행은 한 행씩 걸러서 같은 각운을 세 번 반복한다. 즉 9행의 'they', 11행의 'sway', 13행의 'way'가 한 축을 만들고 10행의 'sow', 12행의 'grow', 14행의 'woe'가 다른 축을 만든다. 각운들은 서로 엇갈리며 고난을 당한 이들의 아픔에 공감하며, 동시에 반전의 여지를 모색한다.

이 시는 한 시행에서 문장을 맺지 않고 다음 시행으로 이어가는 '걸치기'(「슬픈 와인」 해설 참조)를 적절히 사용한다. 1행에서 사안을 고발할 때, 그리고 아이와 어머니를 같이 던져 죽이는 장면(8행과 10행)에서 이 기교를 사용해 충격과 분노로 말을 잇지 못하고 잠시 멈추는 모습을 리듬에 담는다.

3

이렇듯 짧지만 정교한 장치를 동원해 자신의 정치적 발언을 한 시인은 존 밀턴John Milton, 1608~1674이다. 그의 원래 성격 때문에, 아니면 출신 배경 때문에 그가 정치문제에 깊은 관심을 보였던 것은 아니다. 밀턴의 아버지는 금융업으로 부를 쌓은 런던 시민이었다. 아버지는 돈을 대주었지만 아들에게 자신의 뜻을 강요하지는 않았다. 그 덕에 아들은 좋은 교육을 받았고 직업 전선에 뛰어들 의무로부터 비교적 자유로웠다. 하지만 그런 경제적 여유를 허투루 사용하지 않았다. 그는 히브리어, 헬라어, 고대 언어에 정통했을뿐더러 네덜란드어와 이탈리아어 등 현대 유럽 언어들도 능통하게 구사했다.

밀턴은 아버지가 준 돈으로 프랑스와 이탈리아로 장기 여행 겸 연수를 갔다. 그는 이탈리아에서 1년 남짓 체류하며 현지의 지식인들과 교류했다. 유럽에서 아직 가보고 싶은 곳은 더 많았으나 그는 예정보다 빨리 귀국했다. 영국에서 혁명이 일어났기 때문이다. 영국인들은 국왕파와 의회파 양측으로 갈라져 1642년부터 서로 죽고 죽이는 내전을 벌였다. 승기를 잡은 의회파는 국왕을 붙잡아 반역죄로 1649년에 참수했다. 밀턴은 이 모든 사태에서 일관되게 혁명 세력을 지지했다. 그의 소신과 신념에 부합했기 때문이다.

혁명 정부는 국제적 안목, 글재주, 뛰어난 라틴어 문장력을 갖춘 밀턴을 외교 문서 비서로 임명했다. 혁명 정부를 옹호하는 대외용 라틴어 논설을 쓰는 것이 그의 주된 업무였다. 국왕을 처형한 공화정은 곧이어 올리버 크롬웰Oliver Cromwell, 1599~1658의 1인 독재체제로 흘러갔다. 그나마 크롬웰이 살아 있었던 시절에는 체제가 유지되었으나 그가 죽고 아들에게 승계되자 정권이 흔들렸다. 혁명을 주도했던 세력 중 일부는 이제 자신들이 죽였던 왕의 아들을 다시 왕으로 추대할 궁리를 했다. 결국 1660년에 왕정이 복고되었고 공화정은 종식되었다.

밀턴은 왕정복고에 끝까지 반대했다. 그러나 그의 발언이나 글은 대세를 바꿀 수준의 힘이 없었다. 혁명 정부의 주요 공직자였던 밀턴은 이제 숨어서 조용히 지내야 할 신세로 전락했다. 게다가 밀턴은 그간 시력이 점차 나빠지고 있었다. 왕정복고 무렵에는 시력을 완전히 상실했다.

공적인 영역이나 사적인 영역 모두에서 삶이 꼬일 대로 꼬인 밀턴은 이것이 그가 믿는 '주님'의 뜻인지 묻고 또 물었다. 그는 이 질문에 대한 답을 『실낙원Paradise Lost』(1667 초판, 1674 개정판)을 쓰며 모색했다. 이 서사시가 다루는 핵심 소재는 하느님이 창조한 아담과 이브가 에덴동산에서 사탄의 유혹에 넘어가 하느님의 금기를 어긴 후 쫓겨난다는 구약성서 '창세기' 3장의 내용이다. 밀턴은 혁명이 실패한 이유를 인간의 근본적인 죄성과 도덕적 결함에서 찾아보려 시도했다.

4

『실낙원』은 상실한 '낙원'인 에덴동산이 배경이지만 작품의 중간 부분은 지구가 아닌 천상의 세계에서 전개된다. 천사 중

최고 지위를 누리던 사탄이 성부 하느님을 몰아내려 무장봉기를 일으키자 천상계에서 치열한 내전이 벌어진다. 그가 겪었던 영국의 내전과 혁명을 천상계에 비유해놓았음은 쉽게 짐작할 수 있다.

천상에서는 당연히 정의롭고 전능한 하느님이 승리한다. 지상의 내전과 분쟁은 그렇게 깔끔하게 마무리되지 않는다. 대립하는 진영은 서로 상대방을 악마로 단정하고 자신이 정의의 편임을 주장한다. 어떤 쪽이 진정 정의로운가? 젊을 때 나는 대립하는 진영의 한편에 합류하는 것으로 이 질문에 답할 수 있다고 믿었다. 이후 권력을 손에 쥔 진영이 바뀌고 또 바뀌는 시대를 겪으며 그런 확신은 조금씩 사라져갔다.

잉글랜드 1819

England in 1819

늙었고, 미쳤고, 눈멀고, 경멸당하고, 죽어가는 왕,

왕자들은 그 우둔한 종족의 찌꺼기들, 언론의 조롱

사이로 흘러다니는,―진흙탕에서 흘러내린 진흙,

통치자들은 보지도 또 느끼지도 또 알지도 못해,

그저 쇠잔해져가는 제 나라에 거머리처럼 붙어 있다   5

뚝 떨어진다, 눈멀도록 피에 취해, 쳐내지 않아도.

민중은 굶주린 채 갈지 않은 밭에서 칼에 찔리고,

군대는, 자유를 말살하고 약탈하는 자들이

통솔하는 그 누구나 쓸 양날 검으로 만들어놓았고,

황금색 번지르르 희망 주는 법들은 유인해서 죽이며,   10

종교는 그리스도도 하느님도 부재하고―봉인된 경전일 뿐,

원로원은, 시간이 제정한 최고의 악법이나 폐지 불가―

이 모든 것이 무덤이다, 거기서 영광스러운 유령님 하나

솟구쳐 나오시면, 우리 폭풍 치는 날 밝혀줄 수 있으리.

퍼시 비시 셸리

An old, mad, blind, despised, and dying King;

Princes, the dregs of their dull race, who flow

Through public scorn,—mud from a muddy spring;

Rulers who neither see nor feel nor know,

But leechlike to their fainting country cling   5

Till they drop, blind in blood, without a blow.

A people starved and stabbed in th' untilled field;

An army, whom liberticide and prey

Makes as a two-edged sword to all who wield;

Golden and sanguine laws which tempt and slay;   10

Religion Christless, Godless—a book sealed;

A senate, Time's worst statute, unrepealed—

Are graves from which a glorious Phantom may

Burst, to illumine our tempestuous day.

1

 '세상이 엉망이다. 정치, 경제, 사회, 문화, 뭐 하나 마음에
드는 것이 없다.' 이것은 모든 연령대에서 늘 누구나 가끔은 느
끼는 감정일 것이다. 그러면 어떻게 해야 하나? "확 뒤집어엎
자!" 이렇게 외치며 호기를 부릴 수 있는 나이가 있고, 더는 그
럴 수 없는 나이가 있다. 많은 이가 그렇듯 나도 그런 감정을
품고 살았던 젊은 시절이 있었다. 세상이 마음에 들지 않지만
딱히 뭘 어떻게 바꾸겠다는 구체적인 청사진이 있었던 것은
아니다. 그저 젊은 시절의 불안과 불만을 기성사회의 탓으로
돌리는 젊음의 특권을 주장했던 셈이다.

 이 시는 제목에 연도를 구체적으로 1819년이라고 밝혔다.
묘사하는 나라는 '잉글랜드'다. '영국'이라 하지 않고 '잉글랜드'
로 번역한 이유는 잉글랜드를 영국의 공식 명칭인 '대브리튼연
합왕국'United Kingdom of Great Britain과 구분하기 위해서다.
잉글랜드는 스코틀랜드, 웨일스, 그리고 당시에는 아일랜드까
지 모두 통합한 '대브리튼'의 한 구성국이지만 사실상 국가 전
체를 지배하고 주물렀다. 왕국이었기에 그 정점에는 왕과 왕족
이 있었다. 시의 화자는 이들을 신랄하게 비난한다. 왕은 '늙었
고, 미쳤고, 눈멀고, 경멸당하고, 죽어가는' 중이다. 그의 아들
들도 영 시원치 않다. '우둔한 종족의 찌꺼기들'로 '언론의 조
롱'감이다. 한마디로 그런 왕실은 '진흙탕'이고 왕자들은 '진흙'
에 불과하다.

영국은 입헌군주제라 왕족들이 부실해도 큰 문제는 아닐 수 있다. 나라를 통치하는 권력기관은 사실상 선출직 하원(평민원)과 상원(귀족원)으로 구성된 의회다. 그러나 이들 '통치자'들도 별반 다를 바 없다. 하나같이 '보지도 또 느끼지도 또 알지도 못'하는 '거머리'들로, 백성들의 '피'를 빨아먹고 또 먹다가 '눈멀도록 피에 취'해 자빠진다. 그중에서 '원로원', 즉 상원은 존재할 법적 근거가 딱히 없다. 오랜 과거부터 늘 왕국에 있었던 기관이기에 건드릴 수 없을 뿐이다. 상원은 하원과 함께 법을 제정하고 폐지하지만 자신들의 특권은 절대 '폐지 불가'다.

종교는 또 어떤가? 잉글랜드는 국가의 공식 교회가 있다. 독자적인 개신교 교파인 '잉글랜드 교회Church of England'(성공회)는 그 자체가 국가기관으로 교회의 주교들은 귀족원에 참여한다. 이렇듯 영향력과 책임이 막중한 국가 교회는 예수 그리스도의 가르침을 실천하고 있을까? 아니다. '그리스도도 하느님도 부재' 상태인 지 오래다. '경전'인 성경은 펼치지도 않고 '봉인된 책'으로 모셔두었다.

민중들은? 이들은 굶주린다. 행여나 이들이 들고 일어나려 하면 군대를 동원해 무자비하게 진압한다. 군은 '자유를 말살하고 약탈하는 자'들의 도구로 전락했다. 법은? 겉만 보면 '황금색 번지르르 희망 주는' 근사한 모습이다. 그러나 그 법들은 사람을 유인해서 파괴한다.

그러면 어떻게 해야 할까? 역설적으로 더 나빠져야 한다. 나라 전체가 거대한 '무덤'이 될 때까지 악화되어야 한다. 그런 극단적 지경까지 이르면 그 무덤에서 '유령님'이 솟아올라 '폭풍 치는 날', 다시 말하면 혁명을 '밝혀줄 수 있'을 것이다. 시의 화자가 비판하는 내용에 그런대로 수긍하던 독자는 이 대목에서 질문을 던지게 된다. 그게 무슨 소리? '유령님'은 도대체 누구? 민중혁명을 기대하는 것이라면 그렇게 말하지, 웬 유령? 이 시는 현실의 문제점을 선명한 언어와 비유로 공격하지만 해결책을 제시하는 마지막 대목에서는 명확한 입장을 천명하지 못한다.

2

이 시는 일련의 감각적 이미지를 축으로 비판적 메시지를 전달한다. 첫째, 왕족들을 비유한 3행의 "진흙탕에서 흘러내린 진흙"이다. 원문 "mud from a muddy spring"에서 'mud'의 반복은 풍자적인 어감을 증폭한다. 둘째, 통치자들을 거머리에 비유한 5행 "쇠잔해져가는 제 나라에 거머리처럼 붙어 있다"로, 원문에서 '거머리처럼'은 일반적 형태인 'like a leech'가 아니라 'leechlike'다. 비유가 전달하고자 하는 기괴함을 더 부각하는 효과가 있다. 8행의 '자유를 말살하고'의 원문은 '자유살해범liberticide'으로 잘 쓰지 않는 특이한 말이다. 이 말은 일반적으로 사용되는 '형제살해범fratricide'을 연상하게 하기에 군대가 외적이 아니라 같은 형제인 동족을 죽이는 '양날의 검double-edged sword`(9행)으로 사용된다는 주장과 부합한다. 종교를 '봉인된 경전'에 비유하며 'sealed'로 행을 끝낸다. 다음 행에서 책이 떠올리는 법전의 문제로 넘어가서 마지막 자리에 '폐지 불가'로 번역한 'unrepealed'를 배치했다. 뜻과 소리 ('-ealed')가 어울리는 절묘한 각운이다.

이 시의 마지막 비유는 11행에서 공격한 그리스도교에서 가져왔다. 십자가에서 처형당한 하느님의 아들 메시아 예수를 돌무덤에 장사하지만 3일째 새벽에 무덤 문이 열리고 그가 부활했다는 것이 그리스도교 신앙의 핵심이다. 이 시에서는 무덤을 열고 솟아오르는 존재는 세상을 구원할 메시아가 아니라 'Phantom(유령, 환영)'이다. 대문자를 사용해 의인화했기에 번역하며 '님'자를 붙였다. 메시아 대신 헛것이 과연 세상을 바꾸고 인류를 구원할 수 있을지에 대해 시의 화자도 그다지 확신이 없다. 그래서 13행 마지막 자리에 나오는 조동사는 'will'이 아니라 'may'다. 그럴 수도 있으나 그렇지 않을 가능성을 남겨 두었다.

3

이 시를 지은 퍼시 비시 셸리Percy Bysshe Shelley, 1792~1822는 모든 면에서 철저한 반항아였다. 세상이 마음에 들지 않는다고 느끼는 차원이 아니라 대놓고 모든 기성사회의 규범과 계율을 어겼다. 부잣집 장남으로 태어난 그는 이튼Eton학교를 거쳐 옥스퍼드대학에 진학했다. 대학 1학년 때 그는 「무신론의 필연성The Necessity of Atheism」이라는 논설문을 인쇄해 학교 당국자들 사무실 문에 붙이고 다녔다. 공식적으로 모든 대학 구성원이 영국의 국교인 성공회 신자여야 했던 당시로서는 용납할 수 없는 행동이었다. 그 일로 퇴학을 당한 셸리는 물려받을 재산을 담보로 빚을 내 쓰면서 자신의 소신대로 자유롭게 살았다.

셸리는 종교를 반대할 뿐 아니라 결혼제도도 반대했다. 결혼식 자체를 올리지 않을 수는 없었으나 아내를 얻어도 다른 여인을 집안에 들이거나 자기 친구가 자기 아내를 유혹하도록 유도했다. 자유로운 영혼과 자유로운 재산의 소유자 셸리는 자유로운 성생활을 실천했다. 다만 한 가지 점에서는 자유를 포기했다. 그는 일찍이 채식주의를 받아들였고 철저하게 채식을 실천했다. 셸리는 자신의 신념을 지키는 데는 주저함이나 머뭇거림이 없었다. 그가 좀더 오래 살았다면 사람이 좀 변했을지도 모른다. 그러나 그는 서른 살 생일을 맞기 한 달 전 이탈리아에서 사망했다. 영국이 신물이 난다며 1818년부터 이탈리아에서 체류하던 그는 수영도 못하고 항해술에 문외한임에도 불구하고 친구와 함께 작은 범선을 타고 바다로 다니다가 풍랑을 만나 배가 전복되어 익사했다.

4

셸리는 나와 특별한 인연이 있다. 반항아 셸리 수준에는 한참 못 미치지만 셸리와 연루된 젊은 시절 사건도 있다. 내가 대학원에 제출한 석사 논문은 셸리의 대표 장시 『프로메테우스의 해방Prometheus Unbound』(1820)에 대한 연구였다. 지금 생각하면 어설프기 짝이 없는 글이지만 당시에는 미국에 유학 가 있던 형들에게 부탁해서 희귀 자료도 모으고 온갖 정성을 들였다. 심사위원 중 한 분은 나의 연구 방향이나 주제를 몹시 못마땅하게 여겼다. 셸리의 급진적인 정치 성향과 사상을 탐구한 연구인 까닭이었다. 그분은 최루탄 냄새가 늘 배어 있던 관악 캠퍼스에서 순수해야 할 학문까지 정치색을 띠는 데 거부감을 느꼈다. 본인이 잘 모르는 작품이나 영역을 풋내기 대학원생이 깊이 판 것도 자존심을 상하게 했을 수 있다. 그분은 작심하고 나의 논문 통과에 제동을 걸었다. 내 연구가 표절일 수 있다며 인용한 희귀 자료 실물을 제시하라고 요구했다. 논문 심사를 멈추고 나는 택시를 타고 집에 가서 자료를 가져왔다. 자료를 확인한 후에야 그분은 마지못해 수긍했다. 아마도 셸리의 유령이 그때 나타나 그 장면을 보았다면 학문에 입문하려는 젊은이를 괴롭히는 중년 교수를 보고 무척 격분했을 법하다.

하느님 아일랜드를 구하소서
God Save Ireland

곡조 : '터벅터벅, 터벅터벅, 병사들 행진한다'

높이 교수대 나무에 가슴 고귀한 세 사람 매달렸네.
복수심에 불타는 폭군이 꽃다운 나이의 그들을 쳐냈네.
하나 그들은 얼굴 들고 폭군과 맞섰네, 용맹한 민족답게.
또 그들은 굴하지 않는 영혼으로 그들의 죽음을 맞이했네.

합창 :
"하느님 아일랜드를 구하소서!" 영웅들이 말했네.
"하느님 아일랜드를 구하소서" 그들 모두 말했네.
교수대 높이 달려서건
전장에서 우리 죽건,
아, 아무렴 어때, 사랑하는 에린 위해 쓰러지는데!

티머시 대니얼
설리번

Air: 'Tramp, tramp, tramp, the boys are marching'

High upon the gallows tree swung the noble-hearted three.

By the vengeful tyrant stricken in their bloom;

But they met him face to face, with the courage of their race,

And they went with souls undaunted to their doom.

Chorus:

"God save Ireland!" said the heroes;

"God save Ireland" said they all.

Whether on the scaffold high

Or the battlefield we die,

Oh, what matter when for Erin dear we fall!

잔혹한 적들에 에워싸여도, 그들의 용기는 위풍당당 솟아올랐네,
그들은 생각했기에, 멀리서 곁에서 그들을 사랑하는 가슴들을
대서양 높은 파도 반대편의 진실되고 용감한 저 수백만을,
또 거룩한 아일랜드에 있는 소중한 벗들을.

(합창)

거친 계단 그들이 올라가자, 기도하는 목소리 울려퍼
졌네,
그리고 잉글랜드는 사람 잡는 목줄을 그들에게 던져 감았네.
교수대 나무 곁에서 그들은 형제처럼 사랑의 입맞춤 나누었네.
마지막 순간까지 조국과 신앙과 자유에 충성하며.

(합창)

가장 마지막 날까지도 그 기억은 잊히지 않으리,
우리의 조국 위해 당당하게 바친 그들의 생명은.
하나 그 목적 향해 나아가야 하리, 환희와 기쁨과 슬픔 속에도,
우리 섬나라를 우리가 자유롭고 위대한 나라로 만들 때까지.

(합창)

Girt around with cruel foes, still their courage proudly rose,

For they thought of hearts that loved them far and near;

Of the millions true and brave o'er the ocean's swelling wave,

And the friends in holy Ireland ever dear.

(Chorus)

Climbed they up the rugged stair, rang their voices out in prayer,

Then with England's fatal cord around them cast,

Close beside the gallows tree kissed like brothers lovingly,

True to home and faith and freedom to the last.

(Chorus)

Never till the latest day shall the memory pass away,

Of the gallant lives thus given for our land;

But on the cause must go, amidst joy and weal and woe,

Till we make our Isle a nation free and grand.

(Chorus)

1

아일랜드인들은 한국인과 비슷한 점이 있다. 내 경험에 비추어보면 그들은 시끌벅적한 모임과 술자리를 즐기고 노래도 잘한다. 인정 많고 유머 감각도 풍부하다. 입심도 보통이 아니다. 한번 말을 시작하면 제동을 걸기 쉽지 않다. 또한 민족 감정이 뚜렷하다. 아일랜드인의 피가 흐르는 이라면 그 누구건 예외 없이 영국을 미워해야 한다.

섬나라 영국 옆에 있는 별개의 섬나라 아일랜드를 잉글랜드에서 건너온 세력이 오랫동안 지배하고 착취했다. 토착민들은 이들의 지배에 순응하기도 했으나 꾸준히 저항해왔다. 이런 식민지배의 역사를 아일랜드인들은 절대로 잊지 않는다. 비단 아일랜드에 사는 사람들만 그런 것이 아니다. 미국과 오스트레일리아에도 19세기에 상당히 많은 아일랜드인이 이주해 몇 대째 살고 있다. 아일랜드계 미국인들과 오스트레일리아인들은 조상들이 영국의 압제와 만행에 시달렸다는 이야기를 늘 들으며 자란다.

이 시는 아일랜드 독립운동을 하던 세 명의 아일랜드계 남성을 '복수하는 폭군' 영국 정부가 체포해 그들을 교수대에서 사형하는 장면을 묘사한다. 문학적 기교를 별로 동원하지 않고 쉬운 언어로 명확한 메시지를 전달한다. 교육 수준과 상관없이 가급적 많은 이가 이해하고 공감하게 하는 것이 목적인 까닭이다.

이 시의 주인공들은 '잔혹한 적들'과 용맹하게 싸웠고 비록 '잉글랜드는 사람 잡는 목줄'을 그들에게 씌워 죽일 참이지만 마지막 순간까지 전혀 위축되지 않았다. 먼저 아일랜드인들의 종교인 가톨릭 신앙에 따라 큰 소리로 기도를 올린 후 '형제처럼 사랑의 입맞춤'으로 서로 작별인사를 했다. 그리고 모두 한목소리로 '하느님 아일랜드를 구하소서!'를 크게 외치며 숨을 거두었다. 한국의 역사와 비교한다면 일제강점기에 '대한 독립 만세'를 외치며 숨을 거둔 독립투사들에 해당된다.

그들의 그런 당당함은 어디에서 비롯되었을까? 이 질문에 대한 답을 이 시는 몇 가지로 제시한다. 1연에서는 '용맹한 민족'이라는 말로 민족성에서 그 이유를 찾는다. 반복되는 합창 가사에서는 '사랑하는 에린(아일랜드의 또다른 이름이다)', 즉 애국심에서 찾는다.

2연(제2절)에서는 이 '사랑'을 좀더 구체화한다. 그것은 단순히 추상적인 나라 사랑이 아니라 구체적인 사람들, '그들을 사랑하는' 이들, 아일랜드에 있는 '소중한 벗들', 거기에 덧붙여 대서양 건너 미국으로 이주해 사는 '수백만'의 '진실되고 용감한' 동포를 떠올리며 그들은 영웅다운 기백으로 죽음을 맞이했다.

그렇다면 조국과 외국에서 사는 아일랜드인들은 무엇을 해야 할까? 먼저 그들을 잊지 않고 기억해 대대로 전해야 한다. 그다음에는 모두 함께 그들이 간 길로 나아가 마침내 아일랜드의 독립을 쟁취해야 한다. 또한 합창이 강조하듯 그 길을

가다 '사랑하는 에린'을 위해 죽는 일은 대수롭지 않게 여겨야
한다.

2

이 시의 배경이 되는 사건의 전말은 다음과 같다. 1867년
9월 영국 맨체스터. 아일랜드의 독립을 과격한 테러를 통해 촉
진하려는 '페니언Fenian' 정치범들을 이곳 형무소로 이송한다
는 정보를 입수하고 현지 아일랜드인 수십 명이 기다리고 있다
가 죄수 마차를 습격했다. 그 덕에 정치범 두 사람은 탈출에 성
공했지만 그 과정에서 경찰관 한 사람이 총에 맞아 숨졌다. 습
격에 가담한 아일랜드인 28명이 체포되고 그중에서 다섯 명
이 재판에 회부되었다. 그 누구도 경찰관을 일부러 쏘지 않았
다. 자물쇠를 부수려다가 벌어진 일이었다. 그럼에도 불구하고
영국 법원은 살인죄를 씌워 다섯 명 중 세 명에게 사형을 선고
했다. 항소할 틈도 없이 사형이 신속히 집행되었다. 이렇게 억
울하게 죽어간 세 명에게 아일랜드인들은 '맨체스터 순교자
Manchester Martyr'라는 칭호를 수여했다.

이 시를 지은 티머시 대니얼 설리번Timothy Daniel Sullivan,
1827~1914은 저널리스트 겸 정치인이다. 더블린 시장과 하원 의
원을 지냈다. 시사적인 시를 몇 편 썼을 뿐인데, 이 작품이 '대
히트'를 쳤다. 시에 등장하는 죄수 세 명이 처형된 날은 1867년

11월 23일로 이 시는 이들의 장례식 하루 전인 12월 7일에 발표되었다. 시기를 잘 맞추었을 뿐 아니라 사람들이 잘 아는 노래 곡조에 맞추어 이 시를 가사로 쓴 것도 성공한 비결 중 하나다. 그때부터 1920년대까지 아일랜드 독립운동에 헌신한 이들은 이 시에 곡을 붙인 노래를 국가처럼 불렀다(QR 코드 참조).

3

나의 부모님은 일제강점기 때 태어나 자라셨지만 집에서 일본어는 한마디도 쓰지 않으셨다. 일본과 일본인들에 대해 좋은 말을 하시는 법이 절대로 없었다. 자녀들에게 들려주는 이야기도 대체로 일본인들이 얼마나 못된 자들인지에만 초점이 맞추어져 있었다. 아일랜드인들이 영국인들을 미워하도록 자녀들에게 가르치듯 그분들도 우리에게 일본에 대한 부정적 편견을 심어주는 데 주저함이 없었다. 아버지는 '파평 윤씨 동산공파'가 조선왕조의 대가문이었으며, 훌륭하신 조상님들이 충남 예산에 대토지를 소유하고 있었으나 증조부가 한일병합에 반대해 만주로 망명을 가셨고, 그후로 집안이 급속히 망했다는 이야기를 수없이 반복해서 해주셨다. 조상들이 잘살았다는 말은 어린 나에게는 별로 와닿지 않았다. 잘살아본 적이 없었으니 잘사는 것이 무엇인지 전혀 감이 잡히지 않았다. 반면 집안이 급속히 망했다는 부분은 쉽게 수긍이 갔다. 좁은 집에서 여러 식구가 불편을 감수하며 살았기에 따지고 보면 내가 일상적으로 체험하는 생활의 어려움이 결국 일본인들 탓이라는 결론을 내리기는 어렵지 않았다.

〈하느님 아일랜드를 구하소서!〉 노래 QR 코드

맨체스터 순교자 기념 포스터

난 하얀 장미 한 송이 가꾼다

Cultivo una rosa blanca

난 하얀 장미 한 송이 가꾼다,
6월에도 1월에 하듯,
진실된 벗을 위해
나에게 솔직한 손 내미는 그를 위해.

또 잔인한 자들, 나의 생명인   5
심장을 쳐부수는 자들 위해,
가시나 잡풀 가꾸지 않고,
난 하얀 장미를 가꾼다.

호세 마르티

Cultivo una rosa blanca,

En junio como enero,

Para el amigo sincero

Que me da su mano franca.

Y para el cruel que me arranca   5

El corazón con que vivo,

Cardo ni ortiga cultivo:

Cultivo la rosa blanca.

　나는 말수가 적은 사람과 같이 있을 때가 그 반대의 경우에 비해 더 편하다. 젊을 때는 수다스러운 친구들 곁에 앉아 수다를 듣는 것이 즐거울 때도 있었으나 나이들수록 상대방이 너무 말이 많으면 같이 있기가 힘들다. 예의를 갖추고 계속 경청하는 것이 힘겨운 노동이 되기 때문이다.

　이 시는 말수가 적다. 불과 총 8행이다. 각 행도 길지 않다. 시인이 이렇게 말을 아끼는 데는 그만한 이유가 있다. 그의 의도는 감각적 묘사로 독자의 감정을 자극하고 직설적 논리를 펴 독자에게 영향을 주려는 것과는 정반대다. 선택한 단어들도 매우 제한적이다. 한 마디 한 마디가 그만큼 큰 역할을 부여받는다. '하얀 장미'가 1행과 8행에 배치되어 있다. 제목에도 '하얀 장미'가 들어가 있으니 가장 중요한 어구이자 이미지다.

　'하얀 장미'를 '진실된 벗을 위해' 키운다고 한다. 자연스럽고 그럴 수 있는 행위다. 그런데 그 꽃을 한겨울인 1월에도 했듯이 가꾼다? 모든 종류의 장미는 봄꽃이라 5월에서 6월에 만개한다. 여름이 본격적으로 시작되는 7월로 넘어가면 시들기 시작한다. 한겨울인 1월에 장미를 가꾼다는 것은 희한한 주장이다. 결국 이 발언의 뜻은 장미를 키우기 어려운 시기에도 계속 '하얀 장미'와 교류하고, 꽃이 필 때까지 지키고 보호한다는 것이다.

　붉은 장미가 사랑과 열정을 상징한다면 하얀 장미는 평화를 상징한다. 벗에게 주기 위해 장미를 가꾸는 것은 당연하다. 그렇다면 나의 평화를 깨뜨리는, 내 생명을 노리고 '나의 생명'인 '심장'을 '처부수'려고 달려드는 자들을 어떻게 해야 할까? 그들과는 맞서야 하고, 굳이 장미를 준다면 '가시'와 곁에 난 '잡풀'이나 주어야 하지 않을까? 이 시의 답은 예외다. 그들을 위해서도 하얀 장미를 가꾼다. 내가 전해주는 하얀 장미를 받아든 적은 적의를 거두고 화해할까? 거기까지는 말하지 않는다. 다만 자신의 평화에 대한 의지를 천명할 따름이다.

2

이 시의 언어인 에스파냐어는 이탈리아어처럼 모음으로 끝나는 단어들이 많기에 각운을 자연스럽게 만들어낼 수 있다. 8행으로 이루어진 이 시는 단지 각운만 만들어내는 것이 아니라 각운의 배치를 통해 시의 조형미를 추구한다. 1행 끝의 'blanca'는 벗을 노래하는 전반부가 끝나는 4행에서 'franca'와 운을 이룬다. 곧이어 적을 노래하는 2연이 시작된다. 5행은 'arranca'로 끝난다. 서로 붙은 두 행의 끝 단어들이 의미의 충돌을 일으킨다. 이 적대적인 동사는 8행에서 'blanca'와 각운을 이루며 다시 하얀 장미의 평화로 회귀한다. 그 사이에서 'enero'(2행)는 'sincero'(3행)와, 'vivo'(6행)는 'cultivo'(7행)와 소리를 맞춘다. 한겨울enero(1월)에도 나의 태도는 진실되고

sincero, 내가 사는 것vivo이 장미를 가꾸는 것cultivo과 다르지 않음을 각운을 통해 말한다.

라틴어를 조상으로 공유하는 이탈리아어와 마찬가지로 에스파냐어는 동사 형태로 주체를 표시한다. 강조를 위해서는 1인칭 대명사 'yo'를 쓸 수 있으나 이 시는 일관되게 동사만 사용한다. 번역에서는 '난'을 불가피하게 넣어야 했지만 원문의 이런 형태는 '나'를 지나치게 내세우지 않는 양보의 태도를 함축한다. 그런 양보는 화해와 평화의 조건이 될 것이다.

3

이렇듯 조용하고 겸손한 어조로 평화와 화해를 노래하는 이 시를 지은 이의 삶과 시대는 온통 피로 얼룩져 있었다. 지은 이 호세 마르티José Martí, 1853~1895는 에스파냐제국의 식민지 쿠바에서 태어났다. 중남미대륙의 멕시코, 페루 등 에스파냐의 식민지는 19세기 전반부에 본국과 전쟁을 벌여 독립했으나 쿠바섬만은 본국 정부가 쉽게 포기하지 않았다. 마르티가 청소년 나이였던 1868년에 쿠바에서 나고 자란 백인 지주들이 주도한 이른바 '10년 전쟁'이 발발했다. 이들은 이베리아반도 출신들이 쿠바 출신들을 억압하고 쿠바를 경제적으로 수탈해온 역사에 종지부를 찍고자 목숨을 내놓았다. 이들 쿠바 독립군과 에스파냐 정부가 벌인 전쟁은 10년 동안 이어졌다. 양측은 잔혹하게 서로를 죽였다. 양측 모두 10만 명 정도가 죽어나갔다. 반군측 사상자에는 양민도 6만 명 이상이 포함되어 있었다.

　그렇게 피를 흘리고도 승부는 나지 않았다. 두 번의 내전 (1879~1880, 1895~1898)을 더 치른 후, 그리고 미국이라는 새로운 패권 국가가 무력으로 개입한 후에 드디어 독립할 기회가 열렸다. 마르티는 쿠바 독립운동에 일찍이 투신했다. '10년 전쟁' 초기인 1869년에 그는 겨우 열여섯 살이었음에도 불구하고 반역죄로 체포되었다. 옥살이하던 그는 열여덟 살 때 에스파냐로 추방되었다. 이후 그는 유럽의 이베리아반도, 라틴아메리카, 미국 등으로 떠돌아다니는 삶을 살았다. 그 와중에 그는 쿠바 독립을 위한 활동을 멈추지 않았다. 문필가이자 사상가, 지식인으로서 그의 명성은 쿠바는 물론 라틴아메리카 전역에 퍼져나갔으나 그는 조국으로는 돌아갈 수 없는 정치범이었다. 마르티는 우리가 살펴본 이 시를 1891년 뉴욕에서 출간한 시집 『소박한 시Versos sencillos』에 수록했다. 이 시를 발표한 지 4년 후 미국이 개입하기 시작한 1895년에 마르티는 마침내 쿠바로 돌아갈 수 있었다. 그리고 얼마 후에 독립을 위해 싸우는 전쟁터에서 쿠바 독립군을 독려하다 적의 총에 맞아 죽었다.

　마르티를 죽인 에스파냐군은 결국 물러갔으나 쿠바의 독립에 새로운 장애물이 나타났다. 마르티를 쿠바로 데리고 온 미군은 오로지 쿠바인들만을 위해 전쟁에 참여한 것이 아니었다. 에스파냐제국과 전쟁을 벌여 이들의 영토를 차지하려는 것이 목적이었고 그 전술에 따라 쿠바 내전에 개입했다. 한때 세계 최강의 무적함대를 자랑하던 에스파냐제국은 그간 산업화를 통해 힘을 한껏 키운 새로운 제국 미국에게 처참하게 패배했다. 과거와 미래 제국 간의 전면전(미국-에스파냐 전쟁, 1898)은 싱겁게 몇 달 만에 끝났다. 무참히 패배한 에스파냐는 그때까지 지배하고 있던 푸에르토리코, 필리핀, 괌 등 식민지를 1898년 12월에 모두 미국에 넘겨주었다.

그렇다면 쿠바는? 미국은 쿠바에도 욕심을 냈다. 미국이 명목상으로는 1902년에 쿠바공화국 출범을 허용했으나 미군이 언제든지 쿠바에 개입할 수 있도록 아예 새로운 공화국 헌법에 명시했다. 쿠바가 미국으로부터도 독립하기까지는 또다시 한 반세기를 기다려야 했다. 냉전체제 속에서 1953년부터 1959년까지 무장 게릴라투쟁을 벌인 후 사회주의 공화국을 수립했다. 미국은 독립한 쿠바를 인정하지 않았다. 미국은 지금까지 쿠바에 대해 강력한 경제제재 조치를 취하고 있다. 쿠바는 자존심은 세웠을지 몰라도 고질적인 빈곤의 악순환에서는 벗어나지 못하고 있다.

4

이 시는 그 자체가 한 송이의 꽃처럼 고운 작품이다. 그것을 쓴 이가 투사 중의 투사임을 생각하면 그 꽃의 하얀 광채는 더욱더 빛난다. 쿠바의 역사 배경을 다소 장황하게 설명한 것은 이 '말수 적은' 시의 웅변적인 서정성을 강조하기 위함이다. 나는 장미에 대한 많은 시를 읽어보았지만 이렇게 꽃의 의미를 강조한 시는 알지 못한다. 나는 혁명과 투쟁을 묘사하거나 독려하는 국내외의 문학 작품들을 꽤 읽어보았다. 그런 작품들을 쓴 작가들이 직접 현장에서 목숨을 걸고 싸운 경우는 매우 드물다. 이 시는 전장에서 죽은 혁명가가 쓴 작품이다. 그러나 그의 시는 승리와 복수 대신 화해와 평화를 노래한다.

여성들의 행진

The March of the Women

외쳐라, 외쳐라, 크게 그대들의 노래로!
소리쳐라 바람과 함께, 동이 트고 있으니.
행진하라, 행진하라, 활보하며 나아가라.
넓게 펄럭이네 우리의 깃발, 희망이 깨어나네.
노래와 그 이야기, 꿈들과 그 영광들.   5
'야!' 이들이 부르니, 그 말 참 반가워.
전진 앞으로! 커지는 소리 들어라,
자유의 천둥소리, 주님의 음성!

오래오래, 오랫동안, 우리는 지난 과거에는
겁에 질려 움츠렸네 하늘의 빛 피해.   10
강하게, 강하게, 마침내 우리 서 있네,
믿기에 겁 없이 또 새로 얻은 시선으로.
강건함과 그 아름다움, 생명과 그 의무들,
(들어라 그 음성을, 아, 듣고 복종하라)
이들, 이들이 우리를 손짓하며 부르니,   15
눈떠라 그대들아 눈부신 대낮 향해!

시슬리 해밀턴과 에설 스마이스

Shout, shout, up with your song!

Cry with the wind, for the dawn is breaking.

March, march, swing you along,

Wide blows our banner and hope is waking.

Song with its story, dreams with their glory,   5

Lo! they call and glad is their word.

Forward! hark how it swells,

Thunder of freedom, the voice of the Lord!

Long, long, we in the past,

Cower'd in dread from the light of Heaven.   10

Strong, strong, stand we at last,

Fearless in faith and with sight new given.

Strength with its beauty, life with its duty,

(Hear the voice, oh, hear and obey).

These, these beckon us on,   15

Open your eyes to the blaze of day!

동지들아, 그대들 겁 없이 감히 전장에
먼저 나서 분투하고 슬퍼한 이들아,
비웃건, 퇴짜 놓건, 그대들 아랑곳하지 않았네,
눈을 들어 보다 넓은 내일만 바라보았네.　　　　　　　20
가는 길은 힘겹고, 날들은 음울하나,
고생과 고난 믿음으로 그대들 견뎌내었네,
만세, 만세, 그대들 승리하여 우뚝 섰구나,
용맹한 이들이 쓰는 월계관 머리에 얹고!

인생, 투쟁, 이 두 가지는 사실 하나!　　　　　　　25
그대들이 이길 방법은 오직 믿음과 용기.
쭉, 쭉, 그대들 이미 한 일 이어가라,
오늘의 할일로 그것을 준비한 후에.
의지 굳은 자신감, 웃어넘기는 도전정신,
(희망 속에 웃으라, 결말은 확실하니)　　　　　　　30
행진하라, 행진하라, 많은 이 하나로,
어깨와 어깨 맞대고 친구와 친구 나란히 함께!

Comrades, ye who have dared,

First in the battle to strive and sorrow,

Scorned, spurned, naught have ye cared.

Raising your eyes to a wider morrow.   20

Ways that are weary, days that are dreary,

Toil and pain by faith ye have borne.

Hail, hail, victors ye stand,

Wearing the wreath that the brave have worn!

Life, strife, these two are one!   25

Naught can ye win but by faith and daring.

On, on, that ye have done,

But for the work of today preparing.

Firm in reliance, laugh a defiance,

(Laugh in hope, for sure is the end).   30

March, march, many as one.

Shoulder to shoulder and friend to friend!

내 어머니는 한반도 역사상 최초로 설립된 여성의학 전문학교인 경성여성의학전문학교 4회 졸업생이셨다. 일찍이 산부인과 여의사로 개업을 하셨다면 아마도 돈을 제법 잘 버셨을 것이다. 그러나 어머니는 의료 선교를 위해 가난한 목사와 결혼하셨다. 평생 돈보다는 사명과 보람의 길로만 다니셨다. 내가 중고교 시절을 보낸 서울의 한 변두리 동네에는 어머니의 의과대학 동기가 하시는 산부인과 의원이 하나 있었다. 그분은 상당한 자산가로 알려져 있었으나 우리집은 늘 돈이 부족했다. 내가 고등학교와 대학, 대학원을 다닐 때 어머니는 줄곧 보건소 의사로 일하시며 매일 출근하셨다. 퇴근 후에는 가사노동이 기다리고 있었다. 퇴근 후 집안일까지 모두 마치신 어머니가 무척 피곤해하시는 모습을 볼 때마다 막내인 나는 가슴이 아팠다.

인류의 반이 여성이고, 또다른 반이 남성이다. 인류의 반이 다른 반을 오랜 세월 억압하고 무시하고 착취해온 역사는 수백 년, 아니 수천 년 이어졌다. 너무나 오래된 여성차별의 역사에 전면적으로 저항하려는 이들에게는 상당한 용기와 헌신이 필요했다. 이 시는 바로 이런 저항을 독려하고 그들을 칭송하는 내용이다. 싸움의 대상은 남성이 아니라 여성들 스스로의 심리와 태도다. 2연이 지적하듯 여성 자신들이 '오래오래, 오랫동안' 스스로 '겁에 질려 움츠려' 있으며 '하늘의 빛'을 피해왔다. 이제 '자유의 천둥소리'를 듣고, 그것이 '주님의 음성'임을 깨닫고, '믿음과 용기'를 통해 '새로 얻은 시선'으로 '확실'한 '결말'을 향해 '행진하라'고 시의 화자는 독려한다.

2

이 시는 처음부터 노래 가사로 쓸 목적으로 쓴 작품이다. 작곡가와 함께 협업했기에 두 사람의 이름을 공동 창작자로 적시했다. 이 시는 가사이기에 반드시 음악과 함께 들어야 제 맛이 난다(QR 코드 참조). 그렇긴 해도 음악을 잠시 꺼놓고 언어만 고려해도 시가 보여주는 예술성은 만만치 않다. 이 시는 힘있고 활기찬 박자를 유려하게 이어간다. 영시의 일반적 리듬인 '약-강' 대신 일관되게 각 행 첫음절에 강세를 주는 '강-강', '강-약'과 '강-약-약'을 대폭 사용한다. 1연의 세 행으로 이를 예시하면 다음과 같다(진한 대문자가 강세 음절).

SHOUT, SHOUT, / UP with / your SONG!
CRY with the / WIND for the / DAWN is / BREAK-ing.
MARCH, MARCH, / SWING you / a-LONG,

작곡가의 손길이 닿기 전에도 가사는 이미 행진의 박진감을 구현하고 있다.

그 밖에도 강세를 받는 음절의 자음 소리가 서로 조화되는 두운도 두드러지게 사용된다. 두운을 통해 전진하는 리듬을 유지하면서도 의미를 뚜렷이 전달한다. 1연에서 "Song with its story"(5행)는 's-' 소리를, 2연에서 "Strong, strong, stand we at last"(11행)는 'st-' 소리가 그 역할을 담당한다. 3연은 "Scorned, spurned"(19행)에서 's-'를 이어받다가 마지막 행 "Wearing the wreath that the brave have worn!"(24행)에서 'w-'를 세 번 반복한다. 4연은 "March, march, many as one"(31행)에서 'm-'이 시행을 주도한다. 마지막 32행은 한 단어를 두 번씩 쓰고 있으므로 두운이라고 할 수 없으나 두운과 같은 소리의 질서를 따르고 있다. 이처럼 이미 가사가 단단히 음악성을 구축하고 있기에 작곡가의 작업은 한결 더 수월했을 것이다.

3

이 시는 시집이 아니라 곡曲의 가사로 처음 발표되었다. 이 시 겸 노래가 탄생한 날은 1911년 1월 21일이다. 영국 여성 참정권 운동 단체인 '여성사회정치연맹Women's Social and Political Union: WSPU' 운동가들이 구속되었다가 풀려나자 이를 축하하고 기념하기 위한 런던 집회에서 이 가사를 담은 노래가 울려퍼졌다. 3연에서 바로 이 운동가들을 찬미하고 있다.

영국 여성들이 선거권을 얻기까지 더 많은 집회와 시위에서 여성들이 수없이 행진해야 했고 그때마다 늘 이 노래를 불렀다. 여성들이 참정권을 부여받은 것은 이 노래가 처음 선보인 지 7년이 흐른 후였다. 1918년에 제한적으로 서른 살 이상 여성에게만 선거권이 주어졌고, 다시 또 10년이 지난 1928년에야 드디어 스물한 살 이상 성인 여성이 성인 남성과 동등하게 선거권을 행사할 권리를 획득했다.

노래의 작곡가 에설 스마이스Ethel Smyth, 1858~1944는 독일 라이프치히에서 유학한 피아니스트이자 고전음악 작곡가로 작사자인 시슬리 해밀턴Cicely Hamilton, 1872~1952보다 더 인지도가 높았다. 그런 연유로 당시에 출판되어 배포된 악보에는 작곡자 이름만 있었다. 그러다보니 가사도 스마이스가 쓴 것으로 오해되기도 했다. 작사자 해밀턴은 시인 겸 극작가로도 활동했고 연극배우이기도 했다. 재능이 특출한 두 여성은 여성들을 선거도 할 자격이 없는 열등한 존재로 취급하는 남성들의 편견을 깨부수고자 힘을 합쳤다(결과물은 QR 코드 참조).

—
4

내 어머니는 향년 아흔여덟 살로 이 책을 쓰고 있던 작년(2024)에 주님 곁으로 가셨다. 지식인으로 사셨던 분답게 어머니는 늘 책을 읽으셨다. 아들의 책도 갖다드리면 꼼꼼히 다 읽으셨다. 말년에 노환으로 침대에 주로 누워 계시면서도 아들한테 "이번에 네가 쓴 책 아주 재밌더라!"라고 말씀하시곤 했다. 이 책에서 당신 이야기를 한 것을 아셨다면 아마도 "무슨 그런 이야기를 넣었니!" 하시면서 미소를 지으셨을 듯하다.

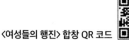

〈여성들의 행진〉 합창 QR 코드

여성사회정치연맹 포스터

자유
Liberté

[1]   내 초등학생 때 공책에
      내 책상 위에 또 나무들에
      백사장 모래와 내린 눈 위에
      난 네 이름을 쓴다

[2]   읽은 모든 페이지에
      모든 백지 페이지에
      돌 피 종이 또는 재에
      난 네 이름을 쓴다

[3]   번드르르 금칠한 형상들에
      전사들의 무기에
      왕들의 왕관에
      난 네 이름을 쓴다

폴 엘뤼아르

[1]   Sur mes cahiers d'écolier

Sur mon pupitre et les arbres

Sur le sable sur la neige

J'écris ton nom

[2]   Sur toutes les pages lues

Sur toutes les pages blanches

Pierre sang papier ou cendre

J'écris ton nom

[3]   Sur les images dorées

Sur les armes des guerriers

Sur la couronne des rois

J'écris ton nom

[4]   정글에 또 사막에
        새 둥지에 금작화에
        내 유년 시절의 메아리에
        난 네 이름을 쓴다

[5]   밤의 경이로운 풍경에
        하루종일 탐스러운 흰 빵에
        서로 약혼한 계절들에
        난 네 이름을 쓴다

[6]   나의 파란색 해진 옷들에
        곰팡이 핀 햇살 젖은 연못에
        환한 달빛 비친 호수에
        난 네 이름을 쓴다

[4] Sur la jungle et le désert

   Sur les nids sur les genêts

   Sur l'écho de mon enfance

   J'écris ton nom

[5] Sur les merveilles des nuits

   Sur le pain blanc des journées

   Sur les saisons fiancées

   J'écris ton nom

[6] Sur tous mes chiffons d'azur

   Sur l'étang soleil moisi

   Sur le lac lune vivante

   J'écris ton nom

[7]   저 벌판들에 저 지평선에
        날아가는 새들의 날개에
        그늘진 풍차 바퀴에
        난 네 이름을 쓴다

[8]   동트는 새날 숨결들에
        저 바다에 저 배들에
        정신 잃은 저 산에
        난 네 이름을 쓴다

[9]   구름들 보글보글 거품에
        천둥 번개가 흘리는 땀에
        굵고 흐릿한 빗방울에
        난 네 이름을 쓴다

[7]   Sur les champs sur l'horizon

Sur les ailes des oiseaux

Et sur le moulin des ombres

J'écris ton nom

[8]   Sur chaque bouffée d'aurore

Sur la mer sur les bateaux

Sur la montagne démente

J'écris ton nom

[9]   Sur la mousse des nuages

Sur les sueurs de l'orage

Sur la pluie épaisse et fade

J'écris ton nom

[10]　　반짝반짝 빛나는 형태들에
　　　　다양한 색깔의 종소리에
　　　　물리세계의 진실에
　　　　난 네 이름을 쓴다

[11]　　잠에서 깨어난 오솔길들에
　　　　방향 따라 펼쳐진 길들에
　　　　인파 넘치는 광장들에
　　　　난 네 이름을 쓴다

[12]　　불 켜진 등불에
　　　　불 꺼진 등불에
　　　　다시 모인 내 가족에
　　　　난 네 이름을 쓴다

[10]   Sur les formes scintillantes

Sur les cloches des couleurs

Sur la vérité physique

J'écris ton nom

[11]   Sur les sentiers éveillés

Sur les routes déployées

Sur les places qui débordent

J'écris ton nom

[12]   Sur la lampe qui s'allume

Sur la lampe qui s'éteint

Sur mes maisons réunies

J'écris ton nom

[13]   둘로 쪼개진 과일에
         거울에 또 내 방에
         빈껍데기 내 침대에
         난 네 이름을 쓴다

[14]   먹성 좋은 순한 내 개에
         쫑긋 세운 녀석 두 귀에
         녀석의 굼뜬 두 발에
         난 네 이름을 쓴다

[15]   내 대문의 빗장에
         친숙한 일상의 물품들에
         축복받은 불길 타오름에
         난 네 이름을 쓴다

[13]   Sur le fruit coupé en deux

Du miroir et de ma chambre

Sur mon lit coquille vide

J'écris ton nom

[14]   Sur mon chien gourmand et tendre

Sur ses oreilles dressées

Sur sa patte maladroite

J'écris ton nom

[15]   Sur le tremplin de ma porte

Sur les objets familiers

Sur le flot du feu béni

J'écris ton nom

[16]   잘 어울리는 모든 육체에
         내 벗들의 이마에
         내미는 모든 손에
         난 네 이름을 쓴다

[17]   경이로운 유리창에
         주목하는 입술들에
         침묵 훨씬 그 너머에
         난 네 이름을 쓴다

[18]   파괴된 내 은신처에
         붕괴된 내 등대 횃불에
         내 권태의 담벼락에
         난 네 이름을 쓴다

[16]   Sur toute chair accordée

          Sur le front de mes amis

          Sur chaque main qui se tend

          J'écris ton nom

[17]   Sur la vitre des surprises

          Sur les lèvres attentives

          Bien au-dessus du silence

          J'écris ton nom

[18]   Sur mes refuges détruits

          Sur mes phares écroulés

          Sur les murs de mon ennui

          J'écris ton nom

[19]   욕망이 사라진 그 빈 터에
　　　　헐벗은 고독 쓸쓸함에
　　　　죽음의 행진 대열에
　　　　난 네 이름을 쓴다

[20]   되찾은 건강에
　　　　사라진 위험에
　　　　추억 없는 희망에
　　　　난 네 이름을 쓴다

[21]   그래서 한 단어의 힘으로
　　　　난 내 삶을 다시 시작한다
　　　　난 너를 알기 위해 태어났다
　　　　네 이름 부르기 위해

　　　　자유여.

[19]   Sur l'absence sans désir

        Sur la solitude nue

        Sur les marches de la mort

        J'écris ton nom

[20]   Sur la santé revenue

        Sur le risque disparu

        Sur l'espoir sans souvenir

        J'écris ton nom

[21]   Et par le pouvoir d'un mot

        Je recommence ma vie

        Je suis né pour te connaître

        Pour te nommer

        Liberté.

1

이 시는 이 책에서 만나는 작품 중에서 가장 길다. 그렇지만 행들이 짧고, 연들이 같은 말로 끝나며, 가벼운 발걸음으로 행진해 나가기에 지겹다는 느낌은 들지 않았을 것이다. 지면을 이미 많이 할애한 터라 해설은 간략하게 한다.

2

이 시는 프랑스의 시인 폴 엘뤼아르Paul Éluard, 1895~1952가 1941년 독일군이 프랑스를 점령하고 친나치스 정부를 앞세워 숨막히는 군사독재를 펼치던 시기에 썼다. 전세를 뒤집은 연합군의 노르망디 상륙은 1944년에야 이루어졌고 프랑스의 레지스탕스(독립군 게릴라)도 본격적으로 활약하기 전이라 모든 면에서 암울한 시대였다. 이 시는 정부 몰래 1942년에 출간한 시집 『시와 진실Poésie et vérité』에 수록되었다가 이후 독일로부터 해방된 후인 1945년에 다시 정식으로 출간되었다.

3

배경과는 달리 내용은 노골적으로 정치적이지 않다. 나치스 치하의 폭력과 공포를 전달하는 표현들은 18연과 19연에 간접적으로 내포되어 있을 뿐 대부분은 일상과 자연과 인간관계를 화폭으로 삼아 거기에 '네 이름'을 쓴다고 노래한다. 그런 일상성 자체가 비정상적·비인간적 체제에 대한 가장 효과적이고 강력한 저항이 될 수 있음을 이 시의 내용 및 그 길이 자체가 증언한다. 쉽게 물러서지 않고 쉽게 끝내지 않으려는 의지가 계속 이어지는 연들에 담겨 있다.

이 시가 반복해서 말하는 '네 이름'은 일상생활의 다양한 대상을 거쳐 나중에는 추상적인 개념(19연과 20연)에까지 후렴처럼 계속 붙는다. 무려 20번 반복된 "네 이름을 쓴다"의 '이름'은 마침내 시의 마지막 순간에 이르러서야 드러난다. 그 이름은 '자유', 압제하에서 숨죽이고 사는 이들에게 가장 소중하고, 가장 절실한 이름이다.

이 시의 주인공 'Liberté'는 여성 명사이므로 자연스럽게 '자유'는 남성 시인에게 의인화, 여성화된 '연인'이 된다. 친근하고 다정한 사이에서 쓰는 대명사ton의 어감을 살리려, '너'로 번역했다. 그 밖에 원문의 음절 수에 맞추어 시의 음악성을 위해 번역하며 일부 말을 보강했다.

4

내가 이 시를 왜 좋아하는지에 대해서도 여러 말이 필요 없다. 시 자체가 아름답고 힘이 넘치고 유려하다. 또한 '자유'는 나에게도 무척 소중한 이름이었다. 군사독재 시절에 중고교와 대학, 대학원을 다니며, 또한 길지는 않았지만 군복무를 하며 내가 늘 염원했던 것은 '자유'였다.

자유는 민주화를 이룬 시대에도 여전히 소중하다. 우리는 자유를 제한받을 때에야 비로소 그 소중함을 깨닫는다. 마치 늘 마시며 사는 공기가 탁해지면 숨이 막히듯 자유는 생명의 숨결이다. 또한 이 시가 마지막 연에서 강조하듯 우리의 삶을 '다시 시작'하게 해주는 '힘'이 그 말에 담겨 있다. 이 나라가 힘겹게 지키고 쟁취한 자유를 행여나 잃지 않도록 나는 매일 주님께 기도한다.

* 엘뤼아르 육성 낭독 QR 코드
(녹음 앞부분에는 엘뤼아르가 이 시를 1941년 여름에 지었고, 처음에 이 시가 말하는 이름은 '자유'가 아니라 사랑하는 아내의 이름으로 구상했으나 자유와 해방에 대한 열망을 표현하기 위해 바꾸었다는 멘트를 한 후 시를 낭독한다.)

* 카상드르, 〈자유〉 QR 코드
(우리 시대의 젊은 프랑스 남성 듀엣이 이 시를 가사로 지어서 불렀다.)

인생길의 끝,

죽음과 안식

비
Rain

비, 한밤중 비, 사나운 비만 내릴 뿐,
이 황량한 오두막에는, 고독, 그리고 나
기억한다 다시 내가 죽어야 할 것임을
빗소리 듣지 못하고 비한테 고맙다 못 할 것임을
날 더 깨끗하게 씻어서 준 데 대해, 내가 태어나   5
지금껏 이 고독 속에서 살아온 그 상태보다.
축복받았구나 죽은 자들은, 비가 비로 적셔주니,
하나 난 여기서 기원한다, 내가 한때 사랑했던
그 누구도 오늘밤 죽어가거나 깨어 가만히 누워
쓸쓸하게, 저 빗소리 듣고 있지 않기를,   10

에드워드 토머스

Rain, midnight rain, nothing but the wild rain

On this bleak hut, and solitude, and me

Remembering again that I shall die

And neither hear the rain nor give it thanks

For washing me cleaner than I have been   5

Since I was born into this solitude.

Blessed are the dead that the rain rains upon:

But here I pray that none whom once I loved

Is dying tonight or lying still awake

Solitary, listening to the rain,   10

고통 속에서 아니면 이렇게 공감하며
산 자들과 죽은 자들 사이에 무력하게,
꼭 꺾인 갈대 사이에 고인 차가운 물처럼,
꺾인 갈대 무수히 많아 모두 뻣뻣 뻣뻣해,
꼭 나처럼, 사랑은 모두 이 세찬 비에 용해되어   15
오직 죽음에 대한 사랑만 남은 나처럼,
만약 그것도 사랑이라면, 그 대상이 완벽하고,
폭풍이 나에게 알려주듯, 실망시키지 않을 때도.

Either in pain or thus in sympathy

Helpless among the living and the dead,

Like a cold water among broken reeds,

Myriads of broken reeds all still and stiff,

Like me who have no love which this wild rain   15

Has not dissolved except the love of death,

If love it be towards what is perfect and

Cannot, the tempest tells me, disappoint.

1

비가 수시로 내리는 영국에서는 비를 가리키는 여러 가지 말이 있다. 실제로 비의 종류도 다양하다. 나를 비롯해 영국생활을 해본 한국인들은 영국의 비와 할 수 없이 친해지게 된다. 폭우처럼 쏟아지는 비도 가끔은 내리지만 매번 우산으로 가릴 수 없는 비도 많다. 바람에 우산이 날아가거나, 아니면 그냥 가늘게 내리는 비거나, 아니면 예고 없이 갑자기 내리는 비, 이런 비와 일일이 대결하려고 우산을 무기처럼 늘 들고 다닐 수는 없다. 따라서 머리에 뒤집어쓰는 방수 비옷이 필수다. 한국의 도시인들은 하늘에서 물방울이 조금만 떨어져도 급하게 우산을 펼쳐 든다. 원래 비를 좋아해본 적이 없는 나지만 영국에서 비와 사귄 습성이 배어서 부슬비는 그냥 맞을 때가 많다.

영국의 비 중에서도 이 시의 배경이 되는 비는 유독 '사나운' 비다. 한밤중 자정에 쏟아지는 비고 마지막 행에 따르면 '폭풍우'도 동반한 비다. 시의 화자는 이 비를 '황량한 오두막'에서 홀로 맞고 있다. 비가 줄줄 새는 것 같지는 않지만 그의 마음과 정서 속으로 이내 스며든다. 그의 '고독'은 곧바로 '죽음'에 대한 생각으로 흘러간다. 죽음을 생각하자 가장 먼저 든 생각은 죽은 후에는 빗소리도 듣지 못하리라는 것이다. 내가 죽은 후라 '비한테 고맙다'는 인사도 '못 할 것임을' 생각하니 더욱 아쉽다. 비가 무슨 친구인가? 앞서 말했듯 비와 사귀며 살 수밖에 없는 영국에서는 자연스러운 발상이다.

비에게 고마운 이유는 비가 그를 깨끗하게 씻어주기 때문이다. 그가 죽을 때 고독 속에서 그간 살아 있는 동안 앉은 모든 먼지와 때를 말끔히 씻어주리라 상상한다. 생각이 거기까지 미치자 죽음이 제법 괜찮아 보인다. "축복받았구나 죽은 자들은, 비가 비로 적셔주니." 이렇게 읊은 시의 화자는 아직 죽지 않았다. 죽지 않았기에 죽음을 그처럼 미화할 수 있다.

이어지는 시행들은 그가 사랑하는 모든 이가 죽어가지 않거나, 고독 속에 잠을 설치지 않기를 기원하는 내용이다. 막상 이미 '죽은 자들'은 축복받았는지 몰라도 '산 자들과 죽은 자들 사이에 무력하게' 걸려 있는, 바로 자기 자신 같은 상태는 그다지 즐겁거나 행복하지 않다. 사는 것 자체가 별 즐거울 일이 없다. 그는 지금 '뻣뻣 뻣뻣'하게 반쯤 죽은, '꺾인 갈대' 같은 상태다. '사나운 비'는 그의 다른 모든 사랑을 다 녹여 없앴다. 오직 남은 것은 죽음에 대한 사랑이다. 죽음이 '완벽'하고 죽음은 자신을 '실망시키지 않을' 것이므로, 그런 죽음을 사랑한다.

그것도 사랑일까? 결론을 내리기 전에 시의 화자는 이렇게 묻는다. 또다른 질문도 덧붙일 수 있다. 과연 그가 사랑하는 것이 죽음인가? 아니면 삶인가? '완벽'하고 '실망시키지 않을' 삶의 완성인가? 비로 깨끗하게 씻긴 순수한 삶에 대한 사랑을 '죽음'이라 부르고 있는 것은 아닌가?

2

이 시는 각운은 포기 내지는 거부한 채 박자에서 음악성을 찾는다. 기본적으로는 영시의 '약-강' 패턴을 사용한다. 시를 마무리하는 부분인 15행과 16행으로 예시하면 다음과 같다 (진한 대문자가 강세 음절).

Like **ME** / who **HAVE** / no **LOVE** / which **THIS** / wild
RAIN
Has **NOT** / dis-**SOLVED** / ex-**CEPT** / the **LOVE** / of
DEATH,

이렇게 각기 다섯 개의 박자를 만드는 전통적인 영시의 리듬과 대조되는 1행은 리듬이 파괴되어 있는, 흐트러진 정신 상태를 묘사한다.

RAIN, **MID**-night **RAIN**, **NO**-thing but the **WILD**
RAIN

이어지는 2행의 다음과 같은 리듬도 불규칙하다.

On this **BLEAK** / **HUT**, and / **SOL**-i-tude, / and **ME**

'약-약-강', '강-약', '강-약-약', '약-강', 한 행에 이렇게 다양한 박자를 집어넣기도 쉽지 않다. 3행은 '약-강'과 '약-약-강' 네 개의 강세, 4행은 '약-강' 다섯 개의 강세로 이행되며 전통적인 영시의 리듬에 합류한다.

Re-**MEM**/-bering a-**GAIN** / that **I** / shall **DIE**

And **NIE**/-ther **HEAR** / the **RAIN** / nor **GIVE** / it

THANKS

전통을 따르면서도 새로운 현대적 음악성을 영시에 도입하고 있다.

표현의 측면에서는 성서적·종교적 뉘앙스를 가미한 대목들이 눈에 띈다. "축복받았구나 죽은 자들은"으로 옮긴 7행의 "Blessed are the dead"는 성서의 "축복받았다 심령이 가난한 이들아"(마태복음 5:3), 아니면 "주 안에서 죽는 자들은 축복받았다"(요한계시록 14:13)를 떠올리게 한다. "꺾인 갈대broken reeds"(13행)는 "상한 갈대도 꺾지 않으시는" 자비로운 메시아를 예언한 '이사야서' 42장 3절을 떠올리게 한다. 그러나 이 시의 성서적 표현들은 구원과 회복을 약속하는 메시지와는 정반대의 방향으로 향하고 있다. 첫번째는 메시아 예수의 도움이나 내세에서의 삶을 배제한 육체적 죽음 그 자체를 말한다. 두번째는 죽은 것이나 다름없는 삶의 피폐함을 말한다.

3

빗소리를 들으며 죽음을 노래한 이 시의 작가는 비나 물이 아닌 불로 죽었다. 그것도 자연의 불이 아닌 인간이 만든 총포의 불로. 그의 이름은 에드워드 토머스_{Edward Thomas, 1878~1917}로 평론가와 시인으로 활동했다. 그는 제1차세계대전이 발발하자 아이 셋을 둔 가장이었음에도 불구하고 군대에 자원입대했다. 아내는 그가 옥스퍼드대학 학부생 때 만나 결혼했고, 결혼과 함께 학교도 그만둘 정도로 깊이 사랑한 여인이었다. 나이도 이미 30대 중반에 접어든 토머스는 전쟁이 시작된 지 1년 후인 1915년에 아내와 아이들을 떠나 영국 육군 병사가 되었다. 이미 숱한 청년들이 죽어간 후인 1916년, 그는 훈련소에서 밤에 쏟아지는 빗소리를 들으며 이 시를 썼다. 그리고 이 시를 쓴 지 1년 후인 1917년, 전장에 투입되었고, 투입되자마자 독일군의 총탄에 맞아 즉사했다.

전사자 시인 토머스는 영웅 대접을 받았다. 미망인과 자녀들은 남편과 아버지의 죽음을 이후 여러 해 동안 짐처럼 짊어지고 그 충격을 감내해야 했다. 토머스는 죽기 위해 군대에 간 것이 아니었다. 다만 죽어가는 동포들과 친구들, 후배들을 외면한 채 편안한 삶을 영위하기 어려웠을 뿐이다. 그는 죽음을 사랑한 시인이 아니다. 죽음을 통해 죽음을 끝내고 싶었을 따름이다.

—
4

    비를 보며 죽음을 떠올리는 것은 전형적인 도시 거주자의 감성이다. 몇 년 전부터 전원생활을 하는 나는 영국에서 생활할 때처럼 비를 친구로 삼는 정도가 아니라 아예 무척 반가운 손님이자 동반자로 여긴다. 비가 오지 않으면 마당에 심어놓은 화초들과 나무들은 말라 죽을 테고, 게다가 생활용수로 지하수를 끌어다 쓰고 있으므로 일상생활도 위태로워질 것이다. 봄비는 특히 반갑다. 봄비를 맞고 기온이 올라가면 겨우내 죽어 있는 것처럼 보이던 풀과 나무들이 살아나기 시작한다. 그 자체가 하나의 기적이다. 이 시에서 시인은 비와 죽음의 연관성을 찾고 있다. 그는 곧이어 안타까운 죽음을 맞이했다. 그의 시는 아름답지만 비는 죽음이 아니라 생명이다.

기타

La Guitarra

울음이 시작된다
저 기타의.
쨍하고 깨버린다
새벽의 유리잔들을.
울음이 시작된다   5
저 기타의.
그를 침묵시켜도 소용없다.
불가능하다
그를 침묵하게 하기는.
그는 흐느낀다 같은 톤으로   10
마치 물이 흐느끼듯,
마치 바람이 흐느끼듯
눈 덮인 벌판 위로

페데리코 가르시아
로르카

Empieza el llanto
de la guitarra.
Se rompen las copas
de la madrugada.
Empieza el llanto   5
de la guitarra.
Es inútil callarla.
Es imposible
callarla.
Llora monótona   10
como llora el agua,
como llora el viento
sobre la nevada

불가능하다
그를 침묵시키기는,   15
그는 흐느낀다 멀리
있는 것들로 인해.
뜨거운 남쪽 모래밭에게
하얀 동백꽃이 절실하듯.
흐느낀다 과녁 없는 화살로,   20
아침 없는 저녁으로,
또 가지 위에서 첫번째로
죽은 새
¡아 기타야!
치명상 입은 심장   25
다섯 개의 칼에 찔린

Es imposible

callarla,   15

Llora por cosas

lejanas.

Arena del Sur caliente

que pide camelias blancas.

Llora flecha sin blanco,   20

la tarde sin mañana,

y el primer pájaro muerto

sobre la rama

¡Oh guitarra!

Corazón malherido   25

por cinco espadas

1

기타는 젊은 시절 나의 벗이었다. 중학교 때 처음 큰형님에게 클래식 기타를 배운 후 독학했고, 대학 학부 때는 관련 동아리 활동에 많은 시간과 열정을 쏟아부었다. 그만큼 기타는 매력적이었다. 기타는 사람의 음역과 비슷하다. 소리의 크기가 사람 말소리 정도다. 음이 지속되는 시간도 길지 않다. 평소에 조용하던 기타는 현을 한꺼번에 튕기거나 손톱 바깥으로 긁으면 마치 한 맺힌 듯 목멘 울음소리를 낸다. 기타는 이 모든 점에서 사람과 매우 비슷하다. 이 시는 바로 사람 닮은 기타가 해주는 사람 사는 이야기, 그리고 죽는 이야기를 전한다.

시의 화자에게 기타는 물건이 아니라 사람이다. 여성 관사 'la'를 달고 다니는 인격체, '기타la guitarra'다. 이 인격체는 시작하자마자 운다. 원문의 'llanto'는 장례식에서 하는 '곡哭'으로 옮길 수도 있다. 이 인격체는 새벽부터 울어댄다. 아침의 고요함을 유리잔 깨듯 깨버린다. 잠시 침묵하게 해보았자 이내 다시 시작된다. 말릴 수 없다. 그 울음은 흐느낌, 곡소리다. 계속 같은 톤을 반복한다.

무엇을 상실해서, 무엇 때문에 그렇게 곡을 하는가? '멀리 있는 것들' 때문에, '하얀 동백꽃'을 갈망하는 '뜨거운 남쪽 모래밭'처럼? 이런 시적 표현들이 설명해주는 바는 별로 많지 않다. 그러나 상실과 부재 때문에 울고 있는 것만은 분명하다. '화살'처럼 날아가나 '과녁'은 없다. '저녁'은 있으나 '아침'은 없다. 이 모든 비유는 결국 죽음으로 향하고 있다. 기타는 가지 위에 앉아 있다 죽은 새가 되어 운다. 이 대목에서 시의 화자는 기타를 직접 부른다. "아 기타야!" 그 뜻은 '무슨 마음으로 그렇게 외치니?' 아니면 '기타야, 너 정말 애절하구나!' 아니면 '기타야, 네가 바로 나구나! 내 가슴이구나!' 등으로 풀어볼 수 있다.

어떻게 해석하든 마지막 이미지는 죽음이다. 그것도 칼을 '다섯 개'나 맞아 피를 흘리며 죽어가는 '심장'이라는, 강렬하고 처절한 죽음. 기타의 잔잔한 울림이 마지막 클라이맥스에 이른다. 지금까지 손가락으로 현을 뜯고만 있다가 이제는 '다섯 개의 칼', 즉 다섯 손가락 모두 동원해 연달아 치고 있다. 그 격정적인 종지를 이 시는 이렇게 죽음의 이미지로 묘사한다. 연주는 죽음으로 끝난다. 그러나 그 과정에서 울음과 흐느낌은 살아 있는 열정과 감정의 향연을 연출해냈다.

2

이 시는 에스파냐어 특유의 간결함과 투박함을 마음껏 활용한다. 강세 받는 장모음이 늘 섞여 있는 이탈리아어에 비해 말소리가 뚝뚝 끊기는 느낌을 주는 에스파냐어답게 시의 행들은 짧고, 말수는 적으며, 감정은 절제되어 있다. 이 시를 구성하는 문장들에서 행위의 주체는 대부분 '기타'다. 동사들은 모두 3인칭 단수 형태로 의인화된 기타가 주어인 경우가 많다 (예를 들어 10~12행의 'llora울다, 흐느끼다'). 기타의 의인화를 이와 같이 철저히 유지하고 있기에 에스파냐어 동사에서는 표시만 하면 되는 주어를 번역하며 대명사로 끄집어내어 '그'로 명시했다. 주어가 기타가 아닌 경우에도 늘 3인칭을 유지한다 (18~19행). 시인이 목소리를 직접 내는 순간은 24행의 '¡Oh guitarra!'뿐이다. 그때까지 유지하던 3인칭 묘사의 감정 조절이 깨지는 효과는 에스파냐어 특유의 구두점 표기(역느낌표¡나 역물음표¿로 감탄문이나 의문문을 시작하고 끝에 느낌표나 물음표를 붙인다) 덕에 유독 극적으로 부각된다. 한국어 감탄문은 이렇게 표시하지 않지만 그 효과를 살리기 위해 에스파냐어식 표기를 번역에도 그대로 적용했다.

시행들은 각운을 만들거나 일정한 박자를 유지할 의도가 전혀 없다. 전통을 과감히 무시하고 새로운 실험을 감행한 현대시다. 거리낌없이 한 단어로 시행을 만들고(9행, 15행, 17행) 똑같은 표현을 반복한다(1~2행과 5~6행의 'empieza el llanto / de la guitarra', 8~9행과 14~15행의 'es imposible / callarla'). 같은 소리나 화음의 반복, 마침표나 쉼표가 있기도 하고 없기도 한 진행, 박자의 진행과 멈춤이 뒤섞여 있는 음악 연주를 모방하는 모습이다. 동시에 일련의 은유를 통해 강렬한 그림들을 보여준다. 깨지는 유리잔(3행), 눈 덮인 벌판 위로 부는 바람(12~13행), 뜨거운 모래밭과 하얀 동백꽃(18~19행), 날아가는 화살(20행), 가지 위에 있다 떨어져 죽은 새(22~23행)로 화폭

을 채워나가다가 마침내 칼에 찔려 피 흘리는 심장(25~26행)
으로 그림을 완성한다.

3

이 시를 지은 페데리코 가르시아 로르카Federico García
Lorca, 1898~1936는 20세기 에스파냐 문학, 특히 유럽 이베리아
반도 에스파냐 문학을 대표하는 작가로 널리 인정받는다. 시
인이자 희곡 작가였던 그는 화가 살바도르 달리Salvador Dalí
와 절친한 사이였고 작곡가 마누엘 데 파야Manuel de Falla와
도 가까웠다. 그는 에스파냐 남부 주인 안달루시아 그라나다
근교의 유복한 집안에서 태어났다. 어릴 때부터 피아노에 재
능이 많았던 그는 이 지역의 음악인 플라멩코도 매우 사랑했
다. 이 시는 1921년에 그라나다의 플라멩코 축제를 위해 썼
다. 이후 이와 유사한 시들을 모아 『칸테 혼도의 시들Poema del
cante jondo』(1931)이라는 제목으로 출간했다. '칸테 혼도cante
jondo'(깊은 노래)는 플라멩코 기타에 맞추어 부르는 열정적인
노래를 말한다.

로르카는 음악과 시를 사랑했을 뿐 아니라 사람도 사랑했
다. 동성애자였던 그는 다른 남자들, 예를 들어 친구인 달리를
사랑했다. 또한 그는 집시, 농민, 가난한 이 등 약자들을 사랑
했다. 뉴욕에서 몇 년 체류했을 때 차별받는 흑인들의 처지를

안타깝게 생각했다. 그렇다고 그가 사회주의를 수용한 것은 아니다. 다만 사회에 정의가 실현되기를 염원했을 따름이다.

에스파냐에서는 1936년부터 좌익과 우익 간에 서로 죽이고 죽는 유혈 내전이 벌어졌다. 에스파냐 내전은 이념 대결의 성격이 가장 중요했으나 파벌 싸움, 지역 감정, 종교에 대한 혐오 등 여러 가지가 뒤섞인 살해와 보복의 연속이었다. 로르카 주위에 사회주의자들이 있었고 그의 작품들, 특히 희곡들이 파격적이었던 탓에 보수적인 독자들은 거부감을 느끼기도 했다. 그러나 그를 죽일 만한 이유나 죽어서 얻을 정치적 이익은 전혀 없었다. 고향 그라나다에 있던 그는 우익 계열 민병대에게 붙잡혀 1938년에 총살당했다. 민병대는 그를 죽인 후 다른 시신들이 즐비한 구덩이에 던져 넣었다. 그의 유해는 이후 찾기 위해 여러 번 시도했으나 아직까지 찾지 못하고 있다. 처참한 죽음으로 서른여덟 살에 생을 마감한 로르카는 자신이 사랑했던 에스파냐에 모국어로 쓴 주옥같은 작품을 여러 편 남겨 주었다.

4

내가 로르카를 처음 알게 된 것은 대학원 때 현대희곡 수업에서였다. 각 수강생이 발표할 작품을 고르는 과정에서 나는 로르카라는 생소한 작가의 작품을 선택했다. 사실 선택이라고 할 수도 없었다. 선배들이 다 골라가고 남은 작품이 그것밖에 없었던 까닭이다. 이 희곡은 『피의 혼례Bodas de sangre』라는 1932년 작품으로 로르카 생전에 이베리아반도는 물론 라틴 아메리카에서도 상당한 인기를 누린 공연물이다. 내용은 끔찍하다. 결혼 당일에 예전에 사랑하던 남의 남편과 신부가 도주하자 신랑이 이들을 쫓아가 살해하고 그도 죽는다. 이 연극에서는 '죽음'이 아예 캐릭터로 등장한다. 내가 그때 뭐라고 발표했는지 전혀 기억이 나지 않지만 담당 교수님이 좋게 봐주셨다. 그분은 『풍장』의 작가 황동규 선생님으로 유독 죽음과 매장을 다룬 작품을 많이 쓰셨다. 2024년 여든여덟 살의 나이에도 새로 시집을 내셨다. 이 시집을 펼쳐보니 「묘비명」이라는 시가 가장 먼저 눈에 들어온다. 문학과 함께 살아온 긴 생애 동안 훌륭한 시를 숱하게 지으시더니 이제는 당신의 「묘비명」까지 직접 쓰셨다. 참으로 시적인 삶이다.

다시 시인 로르카로 돌아와서 이 시의 음악성과 연극적 면모를 제대로 음미하려면 직접 기타 소리를 들으며 시를 감상해야 한다(에스파냐어 특유의 강한 'r-' 소리로 여성 성우가 'la guitarra'를 외치며, 안달루시아 플라멩코 기타 연주가 깔리고, 로르카의 사진과 당시 시대 사진들이 재생되는 다음 동영상의 QR 코드 참조).

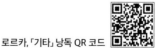

로르카, 「기타」 낭독 QR 코드

슬픔 없는 장례식
Funerale senza tristezza

이것은 죽은 것이 아니야,
이것은 돌아가는 거야
제 나라로, 제 요람으로,
날이 맑기도 하구나
마치 어머니가 미소 짓는 듯   5
기다리고 서서.
서리 내린 들판, 은빛 나무, 국화
황금색. 또 여자 아기들
흰색 옷차림,
서리의 빛깔 베일 덮고,   10
물 색깔 목소리로
아직 살아 있어
진흙 속에서 늠름하게.
장례식의 촛불들은 침몰하는 중

안토니아 포치

Questo non è esser morti,

questo è tornare

al paese, alla culla:

chiaro è il giorno

come il sorriso di una madre   5

che aspettava.

Campi brinati, alberi d'argento, crisantemi

biondi: le bimbe

vestite di bianco,

col velo color della brina,   10

la voce colore dell'acqua

ancora viva

fra terrose prode.

Le fiammelle dei ceri, naufragate

아침의 찬란한 빛 속으로,   15
촛불들이 말해주네
땅으로 사라진다는 이것이
무엇인지를 또 그것은
—달콤함—,
인간들이 돌아간다는 것이,   20
하늘에 있는
공중 다리 통해,
꿈에서 본
새하얀 산봉우리 통해
또다른 강변으로, 태양의   25
또다른 초원으로.

1934년 12월 3일

nello splendore del mattino,   15

dicono quel che sia

questo vanire

delle terrene cose

– dolce –,

questo tornare degli umani,   20

per aerei ponti

di cielo,

per candide creste di monti

sognati,

all'altra riva, ai prati   25

del sole.

3 dicembre 1934

1

조문하고 조의를 전하는 일은 한국인들의 사회생활에서 큰 비중을 차지한다. 조의를 제때 제대로 표하지 않는 것은 인간관계를 깨겠다는 의사 표시로 해석된다. 그러나 조문을 가서 망자를 깊이 애도하는 경우는 정작 많지 않다. 대개 친구나 직장 동료의 나이든 부모가 사망자이기 때문이다. 물론 예외가 없을 수 없다. 올해는 나와 매우 가까웠던 세 사람이 세상을 떠났다. 그중 한 분은 내 어머니이니 당연히 슬픔이 컸지만 나보다 더 어린 조카가 갑자기 사망한 것도 적지 않게 충격적이었다. 질부와 두 딸의 울음이 몹시 가슴 아팠다. 산 자들이 죽은 자를 장례를 치러 떠나보내며 믿고 싶어하는 말이 있다. "좋은 데 갔을 것이다." 한국인들은 종교와 무관하게, 심지어 공식적인 무신론자들도 이렇게 말한다. 믿건 안 믿건 그렇게 말하는 것이 예의다.

이 시는 죽음에 대한 이와 같은 막연하게 낙관적인 생각을 잘 표현한다. 죽는 것이 죽는 것이 아니라 '좋은 데 가는 것'임을 아름다운 언어로 설명한다. 1행부터 죽음을 부인한다. 죽음은 '돌아가는 것', '제 나라, 제 요람'으로. 누가 죽었는지는 몰라도 제목에 언급한 장례식이 진행되는 이날, 날씨가 무척 좋다. '요람'과 어울리듯 대지는 '어머니'처럼 '미소 짓'고 '기다린다.' 그런 푸근한 땅속에 묻히면 아늑하지 않을까?

이른 아침이라 들판에 서리가 내려앉아 있고 나무들은 서리로 '은빛'을 띤다. 거기에 '국화'의 '황금색'이 더해지니 더욱 더 활기를 띤다. 장례식의 검은색이 아니라 '흰색'이 배경을 물들인다. 그 흰색은 귀여운 '여자 아기들'의 흰옷을 연상하게 한다. 또한 '서리'의 '은색'은 '물의 색깔'이기도 하다. 물기가 맺힌 대지 속에서 죽은 이는 '아직 살아 있'다. 매우 놀라운, 또한 충격적인 주장이다.

죽은 사람이 아직 살아 있다? 무슨 귀신인가? 그런 뜻은 아니다. '진흙'의 물기, 생기가 그 또는 그녀의 살아 있음을, '늠름'함을 보존해준다. 또한 밤새 시신 곁에 켜두었던 작은 불꽃들은 아침에 솟는 태양의 찬란함 속으로 '침몰하'고 있다.

그렇다면 죽음은 무엇인가? 그냥 '땅으로 사라'지는 것인가? 아니다. 그것은 심지어 '달콤함'이기까지 하다. 가기는 가지만 흙으로 가는 게 아니라 '하늘'로, '공중 다리'를 타고, '새하얀 산봉우리를 통해' 돌아가는 것이다. 강의 이편에서 저편으로, 저 밝은 태양이 돌보는 '또다른 초원'으로 이주하는 것이다.

죽음이 이렇듯 달콤하고 푸근하고 상쾌한 것이라면 왜 죽음을 마다할까? 아니 질문을 달리해야 옳을 듯하다. 토머스의 시에 대해 물었던 같은 질문이다. 과연 지금 묘사하는 것이 죽음이 맞나? 그것은 '꿈에서 본' 꿈속의 죽음 아닌가? 그 꿈같은 죽음은 삶의 연속이지 삶의 종결이 아니다. 이 시는 죽음을 노래한다고 하지만 사실은 삶의 아름다움, 대지와 꽃과 서리와 산과 햇살의 아름다움을 노래한다.

이탈리아어로 된 이 시는 전통적 규범을 어길 수 있는 현대시의 특권을 행사한다. 그래도 전통의 경계선은 완전히 넘지 않는다. 한 단어나 두 단어짜리 시행들은 무척 현대적이다. 리듬을 깨는 엇박자 재즈를 연상하게 한다. 6행의 'che aspettava(기다리고 있는)'나 12행의 'ancora viva(아직 살아 있어)'는 동사를 갖추고 있는 절들이라 덜 파격적이지만 한 단어짜리 19행의 'dolce(달콤한)'와 24행의 'sognati(꿈꾼)'는 파격적이고 신선하다. 번역에서는 할 수 없이 어순을 바꾸었지만 원문 22행의 'di cielo(하늘의)'와 시의 맨 마지막 26행의 'del sole(태양의)'도 두 단어로 우뚝 서 있으면서 의미와 소리를 서로 주고받는다.

그 와중에도 이탈리아어 시의 장기인 각운을 버리지 않았다. 이미 지적한 'dolce'는 바로 앞 시행의 'cose(것들)'와 '-e'를 맞춘다. 그다음으로 이어지는 20행 끝의 'umani(사람들)'의 '-i'는 21행의 'ponti(다리들)'의 '-i'와 만나고 다시 'ponti'는 한 행 걸러 23행 끝의 'monti(산들)', 24행의 'sognati(꿈꾼)'와 '-ti' 소리 각운을 만든다.

이런 기교에도 불구하고 시에 배어 있는 어조는 친근하고 일상적이다. 4행을 번역하며 그런 말투를 반영했다. 어조는 일상적이지만 비유는 참신하다. 시가 묘사하는 장면들의 색조를 '은빛 나무'(7행), '아기들 / 흰색 옷차림'(8~9행), '서리의 빛깔 베일'(10행), '새하얀 산봉우리'(24행)까지 줄곧 흰색으로 유지한다. 물을 조합한 이미지도 인상적이다. '물 색깔 목소리'(11행)는 물과 음성을 섞어놓았다. 또한 장례식의 희미한 불꽃들이 태양의 햇살 속으로 좌초되어 가라앉고 있다는 14행과 15행은 빛과 물의 이미지를 절묘하게 혼합해놓았다. 둘 다 빼어난 언어의 유희다.

3

이와 같이 아름다운 언어의 기교를 동원해 죽음을 노래한 시인은 이탈리아의 젊은 여성 시인 안토니아 포치Antonia Pozzi, 1912~1938다. 이 시 끝에 '1934년 12월 3일'이라고 쓴 메모로 보아 시를 지었을 때 나이는 (2월에 태어났으므로) 스물두 살이다. 그녀는 밀라노 사람으로(부친은 유능한 법조인, 어머니는 귀족 집안 출신) 부러울 것 없는 유복한 가정에서 자랐다. 포치는 밀라노대학을 졸업한 후 잡지사에서 일했다. 평범하게 생활하던 그녀는 죽음의 안락함을 노래했을 뿐 아니라 안락한 죽음을 실천했다. 한참 사회생활을 하던 1938년 12월 2일, 포치는 밀라노 근교 한 개천 앞에서 의식을 잃은 상태로 발견되었다. 신경안정제를 과다하게 복용한 탓이었다. 그곳에서 발견된 다음날 사망했다. 사망 당시 포치의 나이는 스물여섯 살이었다.

자존심 강한 상류층 부모는 딸의 자살을 인정하기를 거부했다. 포치의 아버지는 사망 원인을 폐렴으로 단정했다. 딸의 유서도 없애버렸다. 다만 딸이 어릴 때부터 문학을 좋아해 좋은 시를 써왔던 일은 뿌듯하게 생각했기에 그녀의 시들을 사후 출판하는 데는 동의했다. 포치는 짧은 생애 동안 300편의 시를 썼다. 이 시들은 그녀가 요절했기에 더 특별해 보일 수 있으나 우리가 만나본 이 시가 증언하듯 그 자체로도 매우 독창적이고 뛰어난 작품들이다.

4

포치의 삶을 이야기하는 대부분의 논자는 그녀의 아버지가 딸의 자살을 부인하고 그녀의 원고들을 출간하면서 일부 표현을 고쳤다고 비난한다. 두 딸을 키운 나는 안토니아의 아버지 로베르토의 심정을 이해할 수 있다. 딸이 어떤 연유로 죽었는지 아버지는 아마도 모르지 않겠지만 그 죽음으로 인한 상처와 아픔은 너무나 컸을 것이다. 실제로 자살 시도가 겨울 날씨 때문에 심정지로 이어졌다고 본다면 최종 사망 원인을 폐렴으로 확정하는 것도 사실을 심각하게 왜곡한 것은 아니다.

그리고 원고에 손을 댔건 말건 세상과 소통하도록 딸의 작품을 출판사에 넘겼다. 아버지의 뜻에 따라 가족들은 밀라노 북쪽 레코 지방의 파스투로에 있는 포치 가문의 휴양지 저택에 딸의 서재도 보전해놓았다. 흔히 자식이 먼저 죽으면 부모 가슴에 묻는다고 한다. 로베르토 포치는 딸을 가슴에 묻은 후 죽은 딸이 시집 속에서 다시 살 수 있게 해주었다.

가을

Herbst

잎사귀들 떨어지네, 떨어지며 넓게도 퍼지네,
마치 하늘 위 저멀리 정원이 지쳐서 물러가듯,
안 된다는 몸짓하며 그들은 떨어지네.

또 밤에는 묵직한 땅이 떨어지네,
모든 별로부터 외로움 속으로.   5

우리 모두 떨어지네. 여기 손도 떨어지네.
또 바라보라 네게 남인 자들을, 다 하나에 있으니.

또 한 존재가 있다네, 이 떨어짐들을
영원히 사뿐히 그의 두 손으로 붙잡는 그분.

라이너 마리아 릴케

Die Blätter fallen, fallen wie von weit,
als welkten in den Himmeln ferne Gärten;
sie fallen mit verneinender Gebärde.

Und in den Nächten fällt die schwere Erde
aus allen Sternen in die Einsamkeit.   5

Wir alle fallen. Diese Hand da fällt.
Und sieh dir andre an: es ist in allen.

Und doch ist Einer, welcher dieses Fallen
unendlich sanft in seinen Händen hält.

1

혼히 '남자는 가을을 탄다'고 한다. 나도 젊은 남자이던 시절에는 해당되었던 것 같다. '가을을 탄다'는 말이 가을에 떨어지는 낙엽처럼 자신의 젊음도 그만큼 더 줄어든다는 생각 때문에 울적해지는 것을 의미한다면 그것 자체가 젊음의 특권에 포함될 것이다. 젊음을 다 써버리고 인생이 가을로 접어든 나이에는 가을이건, 겨울이건, 봄이건, 여름이건 모두 가을이다. 중장년의 가을 저편에는 노년의 겨울이 기다리고 있다. 겨울이 되면 그나마 아직 가을일 때를 그리워할 것이다. 그 겨울의 끝에는 죽음이 기다린다.

물론 겨울까지 갈 것 없이 가을 그 자체를 죽음으로 간주할 수도 있다. 잎사귀가 죽는 계절인 까닭이다. 여름날의 싱그러운 녹색은 점차 메말라 누런색으로 변한 후 가벼운 바람에도 속절없이 뚝뚝 떨어진다. 이 시는 잎사귀들의 죽음을 노래한다. 그리고 그 모습을 바라보며 모든 존재의 죽음을 생각한다.

1행에서 떨어지기 시작한 잎사귀들은 곧바로 '넓게' 퍼진다. 지금 여기 한 곳의 문제가 아니다. 어디까지 퍼져나갈까? 떨어짐은 수평적으로 넓게 퍼질 뿐 아니라 수직적으로도 확산된다. 시의 화자는 '하늘 위 저멀리 정원'에서 낙엽이 떨어지는 것을 상상한다. 낙엽들은 게다가 인격이 있다. 이들은 '지쳐서 물러가듯' 떨어지고, 더이상은 안 된다는, 이제 모든 것을 포기해야 한다는 몸짓을 하며 떨어진다.

그것으로 사태가 마무리될까? 아니다. 이번에는 아예 지구를 떠나 별들로 확산된다. 별들에서 떨어지는 것은 낙엽이 아니다. '묵직한 땅'이 떨어진다. 그 땅은 어디로 떨어지나? '외로움' 속으로 떨어져 들어온다. '우리 모두' 이렇게 떨어지고, 심지어 지금 시를 쓰고 있는 이 '손'도 '떨어'진다. 패망, 실패, 죽음이 필연적인 운명임을 이 모든 떨어짐이 말해준다.

그런데 외로움은 나 홀로 있는 존재의 상태고 홀로 있는 존재가 느끼는 정서다. '별들'과 나의 '외로움'이 곧바로 연결될 수 있나? 물리적 자연에서는 불가능하다. 오직 신비롭고 추상적인 세계에서만 가능하다. 이런 초월적 영역으로 넘어간 시는 갑자기 '너'를 소환한다. '너'는 외롭지만 그렇지 않다. '네게 남인 자들'을 '바라보라'는 명령을 한 후 곧장 '다 하나에 있'다는, 역시 또 매우 신비롭고 추상적인 발언을 한다.

그것이 무슨 말인가? 나는 나고, 남들은 남들이지? 모두 '하나'에 있다면 그 '하나'는 또 무엇인가? 이 시의 대답은 다음과 같다. 나와 너, 모든 외로운 존재가 '하나'가 되는 이유는 두 가지다. 첫번째, 이들이 모두 '떨어지'고 있기 때문이다. 즉 더는 '안 된다는 몸짓'을 하며 부정, 파멸, 종말, 죽음을 향해 떨어진다. 그러나 이 시는 그 측면에만 머물러 있기를 거부한다. 방금 말한 '하나'는 '한 존재'를 의미한다. '너'와 '남'이 '하나' 안에 있는 두번째 이유는 이 '한 존재'가 이 모든 '떨어짐'을 잡아주고 있기 때문이다. 잡아주는 그의 두 손은 '사뿐히' 잡아주는 부드럽고 다정한 손이다. 소유와 장악의 손이 아니라 사랑과 도

움의 손이다. 또 그 손은 '영원히' 모든 떨어지는 존재를 잡아
주고 있다. 영원한 손은 여기 내 '손'과 달리 절대 '떨어지지' 않
는다. 따라서 그 손은 영원한 절대자의 손일 수밖에 없다.

제목에서 화두로 제시한 '가을'이 촉발한 '떨어짐'에 대한 사
색은 구출과 구원의 손을 발견한다. 그리고 거기에서 멈춘다.
이 시는 총 9행으로 이루어져 있다. 길지 않지만 거기에 담겨
있는 생각들은 길고도 깊다.

2

이 시는 형이상학적·종교적 명상을 조각해놓은 아름다
운 조형물이다. 먼저 각운들의 조화가 일품이다. 1행의 각운
'-eit'는 5행의 'Einsamkeit'와 만난다. 2행의 각운 '-en'은 7행
의 'allen'과 소리를 맞춘다. 다른 한편, 3행과 4행은 나란히
'-ärde'/'Erde'로, 7행과 8행도 'allen/Fallen'으로 각운을 만든
다. 반면 6행의 '-ällt'는 두 행을 건너뛰어 마지막 9행의 'hält'
와 짝을 이룬다. 이것을 알파벳으로 표시하면 'a-b-c-c-a-d-
b-b-d'다. 균형과 불균형을 동시에 추구한 특이하고 범상치
않은 각운의 조화다. 시가 전개하는 논리대로 떨어지고 무너
질 것 같지만 결국에는 잡아주는 '두 손'을 나타내는 형태라고
도 할 수 있다.

시어들의 배치도 균형과 불균형을 조화시킨다. 핵심 동사

'fallen(떨어지다)'을 1행, 3행, 4행, 6행에서 반복한다. 1행과 6행에서는 한 행에 두 번씩 이 동사를 사용한다. 동사 'fallen' 은 마지막 대목에 이르러 명사 'Fallen'으로 변형된다. 그 단계에서 동사는 'hälten(붙잡다, 지탱하다)'으로 교체된다. 원문은 이렇게 떨어짐을 해결해주는 마지막 동사로 끝난다. 번역에서도 시어 위치의 조형적 의미를 최대한 반영하려고 노력했다.

그 밖에 이 시의 주요 단어에는 두 번 나오는 'Hand(손)'도 포함된다. 6행에서 '떨어지는' 손은 인간의 손이지만 마지막 9행에서의 손은 '영원히' 흔들리지 않는 절대자의 손이다. 또한 독립적으로나 단어에 들어가 있는 'ein(하나)'의 역할도 중요하다. '외로움'을 뜻하는 'Einsamkeit'는 말 형태 그대로 풀면 '하나됨'을 뜻한다. '하나됨'의 외로움은 8행의 'Einer(한 사람, 한 분)'로 해결된다. 3행에서 '안 된다는'으로 번역한 'verneinender(부인하다, 부정하다)'는 7행과 8행의 'ist(이다, 있다)'의 강한 긍정으로 배척된다. 이런 의미상의 대조를 시행 숫자로 도식화하면 '4-7, 5-8, 6-9'가 된다. 이 차원에서도 이 시는 '떨어짐'의 불균형을 잡아주는 균형의 조형미를 구현한다.

—
3

이 시를 지은 라이너 마리아 릴케Rainer Maria Rilke, 1875~1926는 체코가 오스트리아제국의 지배를 받던 시절 프라

하에서 태어났다. 부모 모두 독일계라 독일어가 그의 모국어였다. 이후 독일, 프랑스, 에스파냐 등 유럽 여러 나라의 도시들을 옮겨다니며 살다가 스위스에서 사망했다. 독일어 시인이지만 프랑스어로 쓴 시도 있다. 릴케는 여러 여인을 사랑했고 당대의 많은 명사와도 만났다. 그가 거쳐간 나라와 도시, 만나고 교류한 사람이 다양하듯 그의 시세계도 다채롭다. 이 시는 비교적 초기에 해당하는 『형상시집Das Buch der Bilder』(1902)에 수록되어 있다. 이 무렵부터 그는 이미 독일어로 시를 쓰는 시인 중에서 가장 독창적인 인물로 인정받기 시작했다.

　그의 생애는 다윈 진화론의 부상, 과학적 무신론, 사회주의 등이 유럽 지식인 사회에서 급속히 확산되던 시기와 겹친다. 또한 제1차세계대전도 그의 생애에 발발했다. 파리에 주로 거주하면서 여기저기 돌아다니던 릴케도 징집되어 군사 훈련을 받았다. 그는 전장에 투입되지 않고 일찍 제대했으나 군사 훈련을 받는 것만도 섬세한 시인에게는 충분히 충격적인 경험이었다. 전쟁이 채 끝나기 전에 러시아에서 공산주의 혁명이 일어나자 릴케는 혁명을 지지하는 쪽에 가담했다. 그러다 1920년대에 이탈리아에서 무솔리니가 부상하자 그쪽에도 호의적인 관심을 보였다. 이처럼 삶이나 생각은 변하기 마련이었으나 릴케에게는 한 가지 변하지 않는 요소가 있었다. 바로 물질적 세계를 초월하는 영적 세계에 대한 관심과 염원이었다. 이 시에서 '영원히 사뿐히' 떨어지는 존재들을 '두 손으로 붙잡는 그분'에 대한 신뢰는 그런 면을 보여준다.

4

릴케는 쉰한 살에 병사했다. 아직 본격적으로 인생의 가을로 진입하기 전의 나이다. 우리가 살펴본 「가을」은 서른 살 무렵에 쓴 시다. 길지 않은 인생이지만 다사다난하고 다채롭게 산 릴케에게는 30대도 가을처럼 느껴졌을지 모른다. 평생 대학에서 선생을 하며 먹고산 나 같은 존재들은 아카데미 밖의 삶을 그저 구경하고 관찰이나 하며 산 셈이다. 한 해를 학기 단위로 보내고 한 학기를 주 단위로 보내다보면 지금 내가 몇 살까지 와 있는지 잊을 때도 많다. 학생들은 항상 젊고 늘 인생의 봄철을 살고 있기 때문이다. 그러나 세월은 어김없이 흘러간다. 이제 곧 모든 것을 다 떨구고 떠나야 한다. 「가을」을 제목으로 삼은 이 시가 말하는 '떨어짐'이 전하는 느낌은 30대에는 전혀 느끼지 못했을 것이다.

릴케, 「가을」 QR 코드
(독일의 유명한 배우 겸 성우 오토 잔더가 낭독한 영상을 담고 있다.
배경 음악이 내 취향은 아니지만 영상과 목소리가 좋다.)

성금요일
Good Friday

저는 돌인가요, 양이 아니라,
아 그리스도여, 당신 십자가 밑에, 저는 서 있는데,
한 방울 한 방울 당신의 피 서서히 사라짐을 세는데,
그래도 어떻게 난 울지 않나요?

그러지 않았지요 사랑하던 그 여인들은   5
극심한 슬픔 주체하지 못해 당신 위해 통곡한 이들은,
그러지 않았지요 쓰러진 베드로, 비통하게 운 그는,
그러지 않았지요 감화한 그 도둑은,

그러지 않았지요 해와 달은
얼굴 돌려 별 없는 하늘 뒤로 숨었으니,   10
한낮인데도 엄청난 어둠의 공포가—
나, 오직 나만.

그러나 포기하지 마소서,
당신의 양 찾으소서, 양떼의 참된 목자시여,
모세보다 크신 이여, 고개 돌려 한번 더 바라보소서,   15
그래서 바위도 쳐부수소서.

크리스티나 로세티

Am I a stone, and not a sheep,

That I can stand, O Christ, beneath Thy cross,

To number drop by drop Thy blood's slow loss,

And yet not weep?

Not so those women loved   5

Who with exceeding grief lamented Thee;

Not so fallen Peter, weeping bitterly;

Not so the thief was moved;

Not so the Sun and Moon

Which hid their faces in a starless sky,   10

A horror of great darkness at broad noon –

I, only I.

Yet give not o'er,

But seek Thy sheep, true Shepherd of the flock;

Greater than Moses, turn and look once more   15

And smite a rock.

1

나는 이탈리아를 좋아한다. 내 전공 나라인 영국보다도 이탈리아에 더 애정을 느낀다. 이탈리아를 좋아하는 이유? 그것을 나열하기 시작하면 쉽게 끝나지 않을 테지만 그중 하나는 교회(성당)다. 이들 교회는 예술의 보고다. 교회 안에 뛰어난 예술 작품들이 있을뿐더러 건축물 자체가 중세, 르네상스, 바로크, 로코코 등 각 시대의 예술정신과 종교적 헌신이 결합된 걸작이다.

어떤 양식, 어떤 시기, 어떤 장인의 손길을 거쳐 지어진 교회 건물이건 이탈리아의 교회들은 단 한 가지 점에서는 서로 다르지 않다. 모든 교회의 중앙 제단 위에는 예수 그리스도가 십자가에 매달려 있다. 목재로 조각한 예수는 고통 속에서 피를 흘리며 마지막 숨을 쉬고 있거나, 아니면 방금 숨을 거둔 모습이다. 예수의 십자고상은 천장에 걸려 있으므로 늘 그 발 아래 밑에서 올려다보아야 한다. 이탈리아 여러 도시의 많은 교회를 갈 때마다, 십자고상 밑에 멈추어 설 때면 항상 나의 감정은 요동친다. 그 요동침을 이 시가 묘사한다.

시의 화자는 지금 예수의 십자가 처형의 역사적 현장에 있다. 그리고 십자가에 매달려 있는 예수에게 말을 건다. 그는 십자가 밑에 서 있고 '한 방울 한 방울' 피 흘리는 것을 세고 있다. 하지만 피 흘리며 죽어가는 예수를 보는 그는 애통해하는 눈물은 흘리지 않는다. "저는 돌인가요, 양이 아니라?" 이렇게 묻고는 있지만 예수의 죽음이 그를 위한 것이라는 느낌은 아직 들지 않는다. 울음은 바로 그런 느낌의 결과물이기 때문이다.

2연과 3연에서 시의 화자는 자신이 읽었던 성서를 떠올린다. 예수의 어머니 마리아를 비롯한 여인들이 십자가 곁에서 끝까지 그를 지켜보며 하염없이 눈물을 흘렸음을 기억한다. 수석 제자 베드로가 예수가 잡혀가자 그를 세 번 부인했으나 그 비겁함을 참회하는 뜨거운 눈물을 흘렸음을 기억한다. 같은 날, 같은 장소에서 십자가형을 받은 범죄자 중 한 사람도 예수를 마지막 순간에 믿었음을 기억한다. 심지어 해와 달도 차마 그 광경을 보지 못해 '얼굴'을 돌렸고, 그 결과 한낮인데도 칠흑 같은 어둠이 사방에 깔렸다는 기록도 기억한다. 그들은 다 그렇게 예수의 고난과 죽음에 동참했으나 '나, 오직 나만' 눈물을 한 방울도 흘리지 않는다.

그러나 아직 시는 끝나지 않았다. 4연에서 시의 화자는 십자가에 못박혀 죽어가는 이에게 자신을 바라봐달라고 요청한다. 여기서 한 가지 의문이 든다. 피를 한 방울씩 흘리며 십자가에서 처참하게 죽어가는 사람한테 무슨 부탁을 하나? 무슨 인간관계를 계속 맺겠다고 말을 거나? 그런 요청에 의미를 부여하려면 그 죽음은 거기서 끝이 아니어야 한다. 예수는 죽은 후 3일째 새벽 죽음에서 부활했다. 그 부활을 통해 죽음을 죽이고 영생의 길을 열어놓았다. 지금도 살아 있는 그에게 시의 화자는 자신을 포기하지 말고 '당신의 양'이니 찾아서 보살펴 달라고, 그리고 '고개 돌려 한번 더 바라'봐달라고 부탁한다.

그의 간청을 받아들여 십자가에 매달린 예수가 그에게 시선을 주면 그 시선은 돌은 물론 '바위'도 '쳐부술 수 있는 막강한 힘을 가졌기에 돌 같은 그의 가슴은 부서지고 녹아내릴 것이다.

4연에서 "모세보다 크신 이여"는 히브리 민족을 이집트에서 이끌고 나온 지도자 모세가 바위를 치자 거기에서 물이 흘러나온 사건(민수기 20:9~11)을 떠올리게 한다. 이 시행에 이어진 "바위도 쳐부수소서"는 모세가 바위를 쳐서 물이 흐르게 했듯 시의 화자의 돌 같은 가슴을 예수의 시선이 쳐서 눈물이 물처럼 흘러내리게 해달라는 말이 된다.

2

이 시는 정갈한 음악성을 추구한다. 네 개의 연이 서로 균형을 이루고 있고 각 연은 모두 네 개의 행으로 구성되어 있다. 첫 두 연의 각운은 1행-4행, 2행-3행끼리 맞추어져 있다. 반면 나머지 두 연의 각운은 1행-3행, 2행-4행으로 교차되는 형태를 취한다. 각운을 받는 단어들은 말소리뿐 아니라 뜻으로도 서로 만난다. 1연의 경우 2행의 'cross(십자가)'는 그다음 행의 'loss(손실)'와 만나므로 십자가에서 흘린 피의 손실, 사라짐을 강조한다. 반면에 1행 끝의 'sheep(양)'는 4행의 'weep(울다)'와 짝을 이루며 울지 못하지만 울고 싶은 심정을 토로한다.

각 연은 박자의 측면에서도 서로 같은 모습을 유지한다. 1행과 4행은 짧고, 2행과 3행은 길다. 이를 3연으로 예시하면 다음과 같다(진한 대문자가 강세 음절).

NOT so / the SUN / and MOON
Which HID /their FACE/-s IN / a STAR/-less SKY,
A HOR-/ror of GREAT / DARK-ness / at BROAD /
NOON—
I, / ON-ly / I.

1행과 4행은 각기 세 개의 강세를, 2행과 3행은 다섯 개의 강세를 품고 있다. 영시의 전통적인 '약-강'은 2행에서만 구현되고 나머지 행은 '강-약', '약-약-강' 등 다양한 리듬을 사용한다. 거기에 덧붙여 박자가 끊기는 한 음절('noon-', 'I')도 배치해 목이 메어서, 또는 심한 자책감으로 차마 말을 잇지 못하는 모습을 연출한다.

3

이 시를 지은 크리스티나 로세티Christina Rossetti, 1830~1894는 이탈리아계 영국인이다. 부친 가브리엘레 로세티 Gabriele Rossetti는 이탈리아 남부 나폴리왕국에서 진보정치 운동에 관여하다 신변이 위험해지자 영국으로 망명한 정치가

다. 그는 런던에 온 후 정치는 접고 이탈리아어 문학 교수로 재직했다. 그리고 다른 이탈리아 이민자 집안 여성과 결혼한 후 연년생 2남 2녀를 낳아 키웠다. 크리스티나는 그중 막내다. 부친 가브리엘레도 이탈리아어로 멋진 시를 여러 편 발표한 문인이고 단테 연구자로서도 값진 업적을 남겼다. 크리스티나의 오빠 단테 가브리엘 로세티Dante Gabriel Rossetti, 1828~1882는 시인일 뿐 아니라 화가로도 이름을 날렸다.

크리스티나의 1866년 시집에 수록된 이 시 제목은 '성금요일'이다. 부활절 일요일 이틀 전인 성금요일은 교회력에서 그리스도의 십자가 처형을 기억하는 날이다. 시인은 제목에 충실하게 그리스도의 십자가 현장을 극적으로 재현하고 있다. 그러나 그 재현방식에 대해서는 약간의 배경 설명이 필요하다.

크리스티나가 태어나고 자란 런던이 중심 도시인 잉글랜드는 개신교 교파인 성공회가 국가 공식 종교고 아버지의 모국 이탈리아는 가톨릭 종주국이다. 영국은 한때 가톨릭교도들을 박해하고 차별했던 시기도 있었으나 크리스티나가 작가로 활동할 무렵에는 영국 성공회 내부에서 가톨릭에 호의적이고 가톨릭적인 요소의 도입을 주장하는 '앵글로가톨릭Anglo-Catholic'운동이 확산되고 있었다. 개신교에서는 십자가를 교회에 걸 경우에 나무 십자가 형틀만 세워놓지 예수가 매달려 있는 형상은 피한다. 반면에 크리스티나는 가톨릭 성당 제단에 반드시 걸려 있는 십자고상을 시의 소재로 삼았다. 십자가에서 죽어가는 예수와 직접 대화를 한다는 설정도 영국 개신교의 이성적 신학보다는 이탈리아나 에스파냐의 가톨릭 신비주의 전통에 닿아 있다. 크리스티나의 「성금요일」은 개신교와 가톨릭을 섞어놓은 전형적인 '앵글로가톨릭' 종교시일뿐더러 이탈리아계 영국 시인 로세티의 영시에는 이탈리아적인 정신과 정서가 짙게 배어 있다. 이탈리아를 좋아하는 나 같은 사람들은 그런 면모를 당연히 좋아할 것이다.

$$\overline{4}$$

매년 십자가 수난을 기념하는 성금요일은 크리스티나의 시에서와 마찬가지로 나에게도 매우 엄숙한 날이다. 마침 내가 재직하고 있는 대학이 한국의 대표적인 기독교 학교라 성금요일에는 연세대학 신촌 캠퍼스 대학 교회인 루스채플에서 기념예배를 드린다. 나는 특별한 일이 없는 한 매년 이 예배에 참석했다. 예수가 서거한 시간인 3시에 시작되는 이 예배에서 교회음악과 학생들의 칸타타가 연주된다. 연세대학은 개신교 대학이라 루스채플에 십자가는 있으나 십자고상은 없다. 루스채플 십자가는 그냥 범상한 십자가가 아니다. 통나무 두 개를 가로세로로 붙여놓은 것으로 다른 개신교 교회에서는 볼 수 없다. 학교 옆 안산에서 잘라온 통나무의 투박함과 친근한 외양은 예수의 십자가 수난과 부활이 먼 나라 옛이야기가 아니라 바로 지금 여기, 나와 우리를 위한 사건임을 일깨워준다.

지극히 높으신 이와 동급이신 말씀

Verbe égal au Très-Haut

지고자와 동급이신 말씀, 우리의 유일한 희망,
땅과 하늘의 영원한 날이시여,
우리는 깨뜨립니다 이 평화로운 밤의 침묵을,
거룩한 구세주여 우리에게로 돌리소서 당신의 눈길을.

부으소서 우리에게 당신의 전능한 은혜의 불을,   5
모든 지옥이 도망가도록, 당신 음성 듣고서.
쫓아주소서, 지치고 노곤한 영혼에게서 잠을,
당신의 법을 잊게 만드는 그 잠을!

아 그리스도여! 품어주소서 당신을 믿는 이 사람들을,
당신을 찬미하려 지금 여기 모여 있으니.   10
받으소서 당신의 불멸 영광을 찬양하는 이 노래들을,
또 이들이 당신의 은총 넘치게 받아가게 하소서.

장 라신

Verbe égal au Très-Haut, notre unique espérance,

Jour éternel de la terre et des cieux,

De la paisible nuit nous rompons le silence:

Divin Sauveur, jette sur nous les yeux.

Répands sur nous le feu de Ta grâce puissante;   5

Que tout l'enfer fuie au son de Ta voix;

Dissipe le sommeil d'une âme languissante

Qui la conduit à l'oubli de Tes lois!

Ô Christ! sois favorable à ce peuple fidèle,

Pour Te bénir maintenant rassemblé;   10

Reçois les chants qu'il offre à Ta gloire immortelle,

Et de Tes dons qu'il retourne comblé.

1

내가 자주 듣고 좋아하는 음악가는 바흐, 비발디, 헨델, 쿠프랭 등 바로크시대 인물들이다. 이들은 개성이 뚜렷하면서도 공통의 어법을 준수한다. 할말이 많지만 청중을 배려하는 예의를 항상 잃지 않는다. 이후 시대의 음악 중에서는 프랑스 작곡가들의 작품을 좋아한다. 청중을 크게 압박하지 않고 잔잔한 감성을 공유하기 때문이다. 예를 들면 가브리엘 포레Gabriel Fauré, 1845~1924의 〈레퀴엠Requiem〉이 그렇다. '진혼곡'으로도 번역되는 '레퀴엠'은 문자 그대로는 '안식을'이라는 뜻이다. '안식을 주소서 주여'라는 기도문 가사가 이 종교음악 장르의 명칭이 되었다. 포레의 〈레퀴엠〉은 종교적 틀에서 죽음을 다루지만 죽음과 심판의 공포를 표현하는 대목은 거의 없다. 영혼의 안식과 천국의 평화를 서정적 멜로디와 푸근한 화음을 통해 묘사한다.

포레는 완숙기인 40대에 〈레퀴엠〉을 작곡했다. 그의 작품 중 가장 유명하다. 〈레퀴엠〉 말고도 그의 음악적 어법과 작곡가로서의 심성을 집약해서 보여주는 또다른 명작이 있다. 포레가 아직 음악학교 학생 신분이던 열아홉 살에 작곡가로 데뷔하며 선보인 짧은 합창 음악이다. 바로 〈장 라신의 찬송Cantique de Jean Racine〉이다(QR 코드 참조). 이 음악을 알게 된 것은 비교적 최근이다. 학부에서 교양 수업을 새로 개발해 가르치며 학생들에게 19세기 프랑스의 기독교 미학을 느끼게 해줄 짧은 음악을 찾다가 이 보물 같은 작품을 발견했다. 심성 고운 19세기 작곡가가 열아홉 살에 작곡한 이 곡은 음악도 아름답지만 가사가 우아하고 정갈하다. 가사를 쓴 이는 17세기 프랑스 대문호 장 라신Jean Racine, 1639~1699이다.

2

정확히 말하면 이 시는 라신이 전적으로 새로 창작한 것이 아니다. 라신은 기독교 초기인 4세기부터 전해진 라틴어 찬송을 일부는 그대로 번역하고, 일부는 새로 첨가하거나 표현을 바꾸어 새롭게 재창조했다. 라틴어 시는 네 개의 연으로 구성되어 있으나 라신은 세 개의 연에 모든 것을 담았다. 가사로 사용된 이 시의 표현은 어렵지 않으나 몇 가지 사실은 설명이 필요하다.

첫째, 예배(미사)를 드리기 위해 모인 신자들이 함께 부르는 기도문이기에 가사에는 '우리'가 자주 나온다. 1연 3행에서 '밤의 침묵'을 '깨뜨린다'와 2연에서 '잠을 쫓아주소서'라는 표현이 나오는 것은 이 찬송을 하루를 시작하는 이른 아침 예배 시간에 부르게 되어 있기 때문이다.

둘째, 1연 1행에서 "지고자와 동급이신 말씀"은 성부 하느님과 '동급'인 성자 예수를 일컫는다. '요한복음' 1장에 따르면 예수는 '태초부터 있던 말씀'이 '육신이 된' 분이다. '요한복음'은

이 '말씀'으로 모든 것이 창조되었다고 말한다. 원문에서 '말씀' 으로 번역한 단어는 'verbe'다. '동사'를 뜻하기도 하는 이 말 을 쓴 것은 '말씀'이 명사가 아니라 '빛이 있어라!'를 명령한 행 위 동사이기 때문이다. '요한복음' 등 신약성서 복음서에서 나 사렛 예수는 장애를 겪거나 불치병을 앓는 이들을 고칠 때마 다 "일어나 걸어라", "눈을 떠라"라는 명령형을 쓴다. '말씀'인 예수는 '동사'다. 라틴어 찬송에는 이 단어에 해당하는 표현이 없다. 라신의 어휘 선택은 탁월하고 또한 심오하다.

　이 시는 죽음 그 자체를 다루고 있지는 않으나 죄와 죽음, 영원한 벌의 문제를 다루고 있다. 1연 마지막에서 '구세주'의 '눈길'을 요청한 후 2연에서 '전능한 은혜의 불'을 신도들에게 '부어'서 '지옥'의 불을 쫓아달라고 간구한다. 그렇게 해서 죽음 과 지옥 걱정에서 벗어난 이들이 그리스도를 '찬미하'는 노래 를 바친 후 '당신의 은총'을 '넘치게 받아'들고 돌아가 하루를 살아가게 해달라고 시인은 '말씀'인 그리스도에게 당부한다.

　시가 세 개의 연으로 구성된 것도 상징적인 의미를 갖는다. 숫자 3은 기독교에서 성부-성자-성령, 삼위일체를 나타내는 수로서 그 지위가 특별하다. 1연이 우주를 주재하는 성부, 2연 이 은혜를 베푸는 성자, 3연이 성령의 성물을 노래한다고 해석 할 수 있다.

라신은 피에르 코르네유_{Pierre Corneille, 1622~1684}, 몰리에
르_{Molière, 1622~1673} 등과 함께 프랑스 신고전주의 문학을 대
표하는 문인으로 이 짧은 시에서도 그의 범상치 않은 기량이
선명히 드러난다. 각 시행은 엄격한 규범을 준수한다. 각 연의
홀수 행은 12개의 음절, 짝수 행은 10개 음절로 되어 있고 중
간휴지가 배치된다. 또한 홀수 행은 홀수 행끼리, 짝수 행은
짝수 행끼리 한 행 걸러 각운을 만든다. 1연으로 예시하면 다
음과 같다(번호는 음절 순번, '/'는 중간휴지).

Verbe égal au Très-Haut, notre unique espérance,

1   2 3 4   5   6 / 5   6   7 8   9 10 11 12

Jour éternel de la terre et des cieux,

1   2 3 4 / 5 6   7   8   9   10

De la paisible nuit nous rompons le silence :

1   2   3 4   5 / 6   7   8 9 10 11 12

Divin Sauveur, jette sur nous les yeux,

1 2   3   4 / 5 6 7   8   9   10

고전 프랑스어 시에서 음절의 박자를 맞추기 위해 평상시에
는 발음하지 않는 끝소리들도 약하게 발음한다(1행과 3행의 끝
음절 '-ce', 4행 'jette'의 '-te'). 작곡가 포레도 이 시를 가사로 쓸

때 이런 음절 패턴을 그대로 따랐다.

　이 시에서 각운을 받는 단어들은 단순히 소리만 맞출 뿐 아니라 서로 뜻을 주고받는다. 1행의 'espérance(희망)'는 'silence(침묵)'와 대조된다. 그리스도가 희망이기에 그는 어둠의 침묵을 깨뜨리는 주체이자 힘이다. 2행 끝의 'cieux(하늘)'와 4행 끝의 'yeux(눈들)'는 우주의 주권자인 그가 우리를 향해 눈길을 주는 은혜와 구원을 약속하는 배치다. 2연에서도 1행의 'puissante(전능한, 막강한)'가 'languissante(지쳐버린)'와 화음을 이루며 후자를 치유한다. 6행의 'voix(목소리)'와 8행의 'lois(법)'는 그리스도가 구체적으로 우리에게 말하는 행위와 그가 한 말들을 일컫는다. 3연의 각운은 먼저 9행의 'fidèle(믿는, 신앙이 있는)'이 11행 'immortelle(영원한)'의 조건이자 연결고리임을 말한다. 그리고 10행의 'rassemblé(모여 있는)'는 12행 'comblé(넘치게 즐긴, 실컷 먹어 배부른)'와 소리 및 뜻을 맞춘다. 은혜의 잔치에 모인 모두가 넘치게 선물을 받아갈 것임을 각운들이 약속한다.

4

　이 책에서 만나는 마지막 작품인 이 시와 QR 코드의 음악은 지금까지 나와 함께 서양시 산책을 함께한 독자들에게 여행 가이드가 드리는 선물이다. 프랑스어 가사를 이해하지 못해도 그 음악만 들어도 듣는 이의 마음에 위안이 되고, 영혼이 쉴 수 있을 것이다. 독자 여러분 인생길의 남은 여정에, 또한 누구나 피할 수 없는 그 여정의 종착지, 죽음의 순간에도 '전능자와 동급이신 말씀', 예수 그리스도가 늘 함께하기를 기원한다.

포레, 〈장 라신의 찬송〉 QR 코드
(이 동영상은 코로나19 위기 상황 속에서 연주자들이 텅 빈 연주장에서
서로 거리 두기를 한 채 찍었다. 연주도 훌륭하지만 그 배경과 모습도 감동적이기에
나는 이 버전을 특히 좋아한다.)

인생길
중간에 거니는
시의 숲

윤혜준 교수가 안내하는 서양 명시 산책

초판 1쇄 인쇄 2025년 3월 31일
초판 1쇄 발행 2025년 4월 10일

지은이 윤혜준

편집 박민영 이고호 이희연 | 디자인 이현정 | 마케팅 김선진 김다정
브랜딩 함유지 박민재 김희숙 이송이 박다솔 조다현 김하연 이준희
저작권 박지영 형소진 오서영 조경은
제작 강신은 김동욱 이순호 | 제작처 상지사

펴낸곳 (주)교유당 | 펴낸이 신정민
출판등록 2019년 5월 24일 제406-2019-000052호

주소 10881 경기도 파주시 회동길 210
문의전화 031.955.8891(마케팅) | 031.955.2680(편집) | 031.955.8855(팩스)
전자우편 gyoyudang@munhak.com
인스타그램 @gyoyu_books | 트위터 @gyoyu_books | 페이스북 @gyoyubooks

ISBN 979-11-94523-38-3 03800

www.gyoyudang.com